Journaliste et ethnologue urbain formé sur le tas, Jean-Laurent Cassely est l'auteur de plusieurs ouvrages sur le Paris nocturne, insolite et underground.

Anciennement enseignant, aujourd'hui dessinateur et scénariste de bande-dessinée, Martin Vidberg est aussi connu sous le nom d'Everland. Invité sur lemonde.fr depuis 2008, son blog « L'actu en patates » connaît un grand succès.

DU MÊME AUTEUR

Un soir insolite à Paris
Éditions Jonglez, 2007

Paris dernière
Paris la nuit et sa bande-son
(avec Laëtitia Moller et Jean-Alain Laban)
M6 Éditions, 2010

Marseille, manuel de survie
Les Beaux Jours, 2011

Jean-Laurent Cassely

Paris mode d'emploi

Bobos, néo-bistro, paniers bio
et autres absurdités de la vie parisienne

Illustrations de Martin Vidberg

Parigramme

Merci à l'équipe de Parigramme.
Merci à Sumi Saint-Auguste, Sébastien Riault,
Marylène Duteil et Antoine Dole.
Merci à Bryce, Mehdi, Martin, Laetitia, Aliénor, Alba,
Tonton Chauss, Copain Denis, Arnaud, Sarah Papier,
Caroline, Émilie.
Merci à John P. Kirkpatrick, mentor, confrère et ami.

Cette édition est une version révisée et augmentée
de l'ouvrage paru sous le titre
Paris, manuel de survie, aux éditions Parigramme, en 2010.

ISBN 978-2-7578-3067-3

© Éditions Parigramme/Compagnie parisienne du livre, 2010
© Points, 2012, pour la présente édition

Le Code de la propriété intellectuelle interdit les copies ou reproductions destinées à une utilisation
collective. Toute représentation ou reproduction intégrale ou partielle faite par quelque procédé
que ce soit, sans le consentement de l'auteur ou de ses ayants cause, est illicite et constitue une
contrefaçon sanctionnée par les articles L. 335-2 et suivants du Code de la propriété intellectuelle.

Sommaire

Préface

de John P. Kirkpatrick, Ph. D.

Professeur à l'Advanced
Center for Parisian
Studies, Harvard, USA
Directeur de Recherches
au Laboratoire d'études
comportementales
de la Rive droite, CNRS
Vice-président
de la société des Amis
d'Inès de la Fressange

Pour l'observateur distrait, le Parisien ressemble de loin à n'importe quel autre être humain. C'est pour rompre une fois pour toutes avec cette impression fausse et dépasser les idées préconçues que mon confrère – et ami – Jean-Laurent Cassely a courageusement entrepris l'écriture de ce mode d'emploi en milieu urbain hostile.

Lors de ma collaboration avec l'auteur, que j'ai invité à de nombreuses reprises dans mon laboratoire de Harvard (ainsi que dans ma résidence d'été de Cap Cod pour d'agréables bien que studieuses séances de travail), nous avons pu disposer à notre guise de très nombreux spécimens de Parisiens fournis par la Mairie de Paris et transportés par avion, et nos travaux de dissection ont permis d'acquérir une connaissance très fine et, oserais-je avancer, inédite du fonctionnement mental du Parisien. Même si nous avons déploré quelques accidents dramatiques de laboratoire – mais le progrès n'est-il pas à ce prix ? –, je suis aujourd'hui heureux de vous faire partager le fruit des intenses recherches qui nous ont menés à dresser un profil psychologique et comportemental précis du Parisien, ou plutôt des Parisiens. Car Paris n'est pas seulement un microcosme, c'est une super-position complexe d'écosystèmes de taille minuscule dont les règles de comportement, les croyances et les mœurs étaient restées jusqu'à ce jour largement ignorées par la science…

Nos derniers relevés topographiques font état de plus de cent cinquante tribus parisiennes sur le seul territoire intra muros, foisonnement culturel qui est la cause pour l'observateur, même averti, de multiples quiproquos pour le moins fâcheux. Prenez le sourire, cette technique de communication non verbale pratiquée dans un nombre incalculable de peuplements humains, dont on pourrait croire la signification universelle ; s'il peut être, en de très rares occasions, toléré lors d'une grillade fes-tive éco-responsable de voisinage, il ne s'agirait pas de l'exhiber à l'occasion d'un vernissage d'artiste postconceptuel, d'une brocante vintage solidaire et encore moins lors d'un speed dating de CSP+ (cadres supérieurs) ou d'une réunion de copropriété parisienne… Mais je m'emporte et j'en oublierais presque l'essentiel : que trouve-t-on dans ce fameux mode d'emploi, que vous venez d'acquérir pour le prix modique d'un demi-macaron dans un concept store parisien ?

Paris, mode d'emploi est le premier ouvrage à proposer au lecteur des cours théoriques de parisianisme assortis de nombreux exercices et fiches pratiques de survie, parmi lesquels :

★ Apprendre à se la jouer partout et en toute situation (vernissage, after-work, conseil de quartier, café lounge, Gay Pride, concept store, réunion AMAP, bar à thème, restaurant Costes, etc.).

★ Reconnaître, pour mieux les éviter, un Américain bohème héritier, une actrice parisienne serveuse dans un bar branché ou un cornet de pop-corn curry-barbe à papa dans une épicerie fooding.

★ Distinguer une flash mob de trentenaires régressifs d'un simple attentat terroriste dans le métro parisien.

★ Comprendre les techniques parisiennes de procréation assistée par ordinateur comme Meetic, Adopte un mec ou Attractive Word.

★ Comprendre pourquoi vous avez le droit d'aller dans une Love boutique de sex-toys du Marais promue par une éditorialiste de mode parisienne, mais en aucun cas dans un sex-shop de Pigalle.

★ Savoir quoi dire à un autre Parisien, distinguer les produits culturels qu'il faut aimer de ceux qu'il faut détester.

★ Découvrir les règles de vie d'une revue transdisciplinaire de néo-intellos ou d'un squat d'artistes mélenchonistes des Beaux-Arts en rébellion contre le système.

★ Et bien d'autres choses…

Depuis le mois de septembre 2010, date historique à laquelle le monde de la science a découvert le fruit de notre patient travail de terrain, le champ de l'analyse comportementale du Parisien a littéralement explosé et nous recevons chaque année dans mon centre de formation intensive au Parisianisme (*Advanced Center for Parisian Studies*) de jeunes et brillants étudiants désireux d'approfondir leur savoir théorique et pratique à notre contact. C'est pourquoi après consultation de nos conseils juridiques, l'auteur et moi-même avons accepté la proposition de réédition de cet ouvrage pionnier, qui figurera d'ici quelques décennies en tête des classiques de l'étude du parisianisme.

Car que s'est-il passé de fondamental en deux ans dans la capitale qui justifierait une telle réédition ? Le hamburger est passé directement de la case McDo à la bistronomie branchée, le macaron, indexé sur le cours du pétrole, a pris 43 % de valeur mais garde sa mystérieuse attraction sur les Parisiennes, il est de plus en plus ardu de distinguer un snack de néo-salades californiennes d'une crèche d'entreprise, Philipe Starck et Jean Nouvel ont reconstruit les deux tiers de la ville sur le modèle de leur fantasme et les studettes qui étaient déjà inabordables sont désormais réservées aux fils d'ambassadeurs en fac de ciné ou en école de design…
Le tourbillon de la mode, dont le rythme s'accélère dramatiquement, emporte tout sur son passage. Les tendances les plus établies sont vouées à la ringardisation subite et les opinions les plus définitives de la presse du jeudi matin sont reniées dans les magazines du samedi. Il est plus que jamais nécessaire pour l'urbain moderne de disposer d'un manuel de décodage de la pensée, des goûts et des mœurs des Parisiens,

c'est ce que Jean-Laurent Cassely vous propose dans ce maître-ouvrage.

Nous profitons de cette réédition historique, relue et augmentée, pour vous proposer en annexe un contrôle des connaissances à l'issue duquel vous pourrez vous évaluer sur l'échelle du parisianisme et sans doute vous fondre dans la masse pour participer au grand projet secret qui anime ses habitants : construire le plus profitable parc d'attractions urbain du monde sur les ruines de la capitale. À bientôt en maillot de bain sur le stand mojito de Paris Plages.

John P. Kirkpatrick,
Cap Cod, 11 mai 2012.

Actrice parisienne

Comment vivre
comme une actrice parisienne ?

À Paris, chaque individu de sexe féminin âgé de 15 à 75 ans rêve de devenir actrice. Rien de très étonnant à cela : la presse parisienne nous a habitués à associer la vie d'actrice à un joyeux mélange de shopping de créateurs, de consommation de thé bio dans des bars huppés et de visites de galeries et de librairies « pointues » (voir « Parisianismes », p. 163, pour une définition de ce terme).

Pour vivre vous aussi comme une actrice parisienne, lisez attentivement la reconstitution ci-dessous, réalisée à partir de l'analyse approfondie de 842 interviews parues dans la presse de 2005 à aujourd'hui (*Figaroscope*, *Elle*, *À nous Paris*, différents suppléments « Paris » de *Télérama*, du *Nouvel Obs* et des *Inrocks*, etc.).

Vous économiserez au passage plusieurs fastidieuses années de lecture de « bons plans » et de « conseils sympa » de Léa Seydoux, Maïwenn, Charlotte Gainsbourg, Isild Le Besco, Mélanie Laurent, Lou Doillon et des innombrables autres actrices qui font la gueule (voir « Gueule », p. 114) dans vos magazines favoris.

Déroulé d'une journée type d'actrice parisienne dans un article de presse

Brunch

Au lever, c'est-à-dire aux alentours de 14 h 30, l'actrice parisienne déjeune ou, plutôt, brunche. Elle choisit de retrouver ses amies (d'autres actrices parisiennes) dans un café cosy situé aux abords de Saint-Philippe-du-Roule ou de la place des Vosges. Elle peut alors raconter à ses amies les dernières anecdotes de son tournage en cours.

Shopping

Le ventre plein, notre actrice peut ensuite passer aux choses sérieuses : dépenser de l'argent dans les boutiques de « petits créateurs parisiens »… Mais quel quartier choisir pour cette séance de shopping ? Tout dépend du standing de l'actrice :

• **Actrice star**
Si elle a déjà remporté un César et qu'un de ses films a cartonné au box-office, elle optera pour des valeurs sûres (rue du Mont-Thabor, avenue Montaigne).

• **Actrice qui monte**
Si elle est plutôt portée sur le film d'auteur, elle préférera se concentrer sur le quartier des Abbesses ou le Haut Marais, aux alentours de la rue de Poitou en particulier.

• **Actrice underground**
L'actrice choisira de « belles pièces » dans quelque boutique de fripes – dites plutôt « vintage » – du XIe arrondissement si elle est particulièrement rebelle et ne tourne que dans des productions françaises expérimentales ou néoréalistes.

Parenthèse culturelle

Parce que l'actrice se nourrit aussi de culture, il est important pour elle de fréquenter régulièrement les librairies en quête de quelque texte confidentiel qui inspirera ses futurs rôles de composition. L'actrice parisienne a Sa librairie, Ses auteurs de chevet et bien sûr tous les livres qu'elle emporterait sur une île déserte.

Détail important : tous les enfants d'actrice parisienne adorent lire.

Engagement

Vers 18 heures, une halte dans un squat de sans-papiers peut s'imposer, en fonction de l'agenda politique du moment. L'actrice glissera alors aux journalistes présents quelque critique acerbe sur la politique réactionnaire du gouvernement en place.

Remarque : le personnel politique et plus généralement les institutions étant souvent « réactionnaires » aux yeux de l'actrice parisienne, qui est souvent très engagée dans les combats sociaux en marge de ses tournages ou de ses apparitions dans les festivals internationaux.

Dîner

La journée est passée si vite qu'il est déjà temps pour l'actrice de rejoindre son agent à la faveur d'un apéro dînatoire sans prétention. L'actrice optera sans doute pour un petit resto qu'elle appellera « ma cantine ». Une micro-néo-brasserie gastronomique ou un bar à sushis feront très bien l'affaire. L'idée étant d'être reconnue par les clients du restaurant tout en feignant de ne pas s'en rendre compte.

Nuit

Avant le coucher, l'actrice dépose délicatement sur sa peau une goutte du parfum dont elle est l'Égérie (et qui lui rapporte de quoi se payer un appart chaque année).

Remarque : l'actrice parisienne réalise souvent un album de chansons.

COMMENT RÉUSSIR SON INTERVIEW D'ACTRICE PARISIENNE ?

Vous êtes actrice parisienne et une journaliste souhaite vous interviewer immédiatement car le bouclage de son magazine a lieu dans une heure. Ne paniquez pas : utilisez les phrases types proposées ci-dessous en choisissant le terme qui convient le mieux.

Le quartier de l'actrice
« Les Abbesses / la Butte-aux-Cailles / la rue des Plantes / le plateau des Buttes-Chaumont / South Pigalle / les Batignolles / Passy / la rue Daguerre... C'est un village qui a gardé son charme, d'ailleurs ici tout le monde se connaît. »

Les bons coins de l'actrice
« J'adore ce bouquiniste / cette boutique pointue de vinyles de collection / cette galerie d'art africain / ce club échangiste parisien... pour son côté intimiste. »
« Je vais souvent dans ce bar d'hôtel du VIIIe / cette boutique de fringues vintage / cette boulangerie traditionnelle / ce salon de thé cosy / cette piscine couverte... car j'adore les mix du DJ résident. »

Les copains de l'actrice
« Je vais toujours dans cet endroit car je connais le videur / le libraire / le serveur / la gardienne / le patron... qui est super sympa. »

After-work

Comment survivre
à une soirée after-work
avec de jeunes cadres parisiens ?

Les jeunes cadres parisiens évoluent dans un environnement de travail relativement terne (tour à la Défense, open-space à la Plaine Saint-Denis, salles de réunion vitrées, hôtels Novotel, néo-snacks de pâtes…). Ne produisant à peu près rien de concret, les jeunes cadres n'en sont pas pour autant des « chefs » au sens classique. Ils n'encadrent la plupart du temps que leur PC ou leur MacBook, leurs tableurs Excel et, pour les plus gradés, une armada de jeunes stagiaires.

Pour toutes ces raisons, les jeunes cadres éprouvent en soirée le besoin de faire la fête avec leurs semblables. C'est pourquoi ils se rendent fréquemment dans un « after-work ».

Dès le mercredi, tout ce petit monde quitte son open-space aux alentours de 19 heures pour se rendre dans un lieu festif qui a nécessairement deux signes distinctifs : être un bar à thème (voir cet article, p. 30) et servir des mojitos.

À quoi sert un after-work ? Si les avis sont partagés sur la fonction de ce rituel parisien, on peut avancer que le principe consiste à décompresser de sa journée de travail de cadre tout en rencontrant d'autres cadres dans le but de passer la nuit avec eux.

Quelques indices pour repérer une fête de chefs de produit

Vous êtes dans une soirée after-work si :

★ vous avez croisé au moins trois personnes dont le nom du métier est incompréhensible. Les intitulés des emplois de jeunes cadres peuvent être : supply-chain manager, directeur marketing multicanal, consultant senior en conduite du changement, chef de projet knowledge management (voir le mode d'emploi « Métier », p. 143) ;

★ vous avez croisé au moins trois personnes dont les termes qu'elles emploient sont incompréhensibles (ex. : proactif, réassurance, géociblage, e-réputation, management par objectif, stratégie 360, datamining ou disruptif) ;

★ les trois quarts des gens que vous avez rencontrés ont fait HEC et/ou un MBA ;

★ vous avez l'impression d'être dans une section UMP ou un club de jeunes entrepreneurs en nouvelles technologies.

Boissons typiques d'after-work : champagne, mojito, bière sans alcool.

LES LIEUX À RISQUE

D'une manière générale, évitez tout type d'after-work ou de « seven to one » en boîte de nuit. Les soirées régressives pour trente-naires chantant les génériques de leurs séries préférées constituent aussi des moments privilégiés de réunion de jeunes cadres. Le fait que la soirée que vous soupçonnez ait lieu dans le Triangle d'Or du VIIIᵉ arrondissement est une circonstance aggravante.

Quelques lieux particulièrement dangereux :

★ Le Milliardaire
★ Le VIP Room
★ Le Madam
★ Le Cab
★ L'Ice Bar
★ La Suite
★ ... et tous les autres clubs avec des noms bling-bling
★ Les bars des quartiers Opéra, Saint-Lazare et des Grands Boulevards
★ Les Champs-Élysées

Américains

Comment apprendre
à repérer (et éviter)
les Américains à Paris ?

Vacancier ou expatrié, l'Américano-Parisien considère généralement la ville de Paris comme un vaste parc de loisirs, certes plus cher que Disney World mais beaucoup plus excitant. Suivez les quatre conseils ci-dessous pour le repérer et l'éviter :

1. L'Américain à Paris
sourit

Cette particularité physionomique devra dès lors vous alerter puisque à Paris personne ne sourit jamais (voir « Gueule », p. 114).

2. L'Américain à Paris
parle fort

Vous n'aurez donc même pas à vous donner la peine de scruter la salle du restaurant pour repérer les Américains infiltrés parmi les clients. Le fond sonore suffira largement. De plus, l'Américain à Paris est le seul à appeler le serveur « garçon », même quand c'est une serveuse.

3. L'Américain à Paris
vit dans un parc d'attractions

Pour l'Américain expatrié, « Paris est une fête », comme l'a écrit Hemingway, ce qui montre bien à quel point il était à côté de la plaque. Quand vous lui expliquez que votre vie parisienne n'est qu'une suite exténuante de trajets souterrains, d'interminables heures de bureau et de soirées mornes, l'Américain à Paris rit ! Car lui s'amuse, sort, mange, boit !

4. L'Américain à Paris habite sur l'île Saint-Louis

Il n'est même pas tout à fait excessif de dire qu'il n'y a QUE des Américains sur l'île Saint-Louis. Cadre sup dans une multinationale, galeriste sévissant rue du Faubourg Saint-Honoré ou journaliste pour CNN, notre Américain a donc les moyens de vous embaucher comme coach de langue française à domicile.

Le VIIᵉ arrondissement et en particulier les immeubles avec vue sur la tour Eiffel sont également très prisés des membres de l'*upper class* américaine, qui y élisent domicile dans l'espoir d'être jalousés par leurs amis restés au pays qui consultent les photos de leur profil Facebook.

LE FANTASME DU « VRAI PARIS »

Un trouble psychologique grave touche l'Américain à Paris : c'est le fantasme du « Vrai Paris », qui est une sorte de syndrome de Stendhal inversé. Musicien dans une boîte de jazz, peintre place du Tertre, professeur d'Anusara Yoga, serveur chez Breakfast in America ou artiste, l'Américain bohème à Paris a abandonné son emploi dans une grosse boîte d'agroalimentaire pour vivre simplement et se consacrer à la découverte du Vrai Paris.

Qu'est-ce que le Vrai Paris ? C'est un mélange complexe de clichés qui rassemble les films de Jean-Luc Godard, les publicités de marques de parfum, les brochures touristiques de la compagnie des bateaux-mouches et bien sûr les scènes d'*Amélie from Montmartre* et de *Midnight in Paris*... L'Américain à Paris doit donc lutter chaque jour pour se persuader que Paris ressemble à son fantasme.

À noter : l'Américain à Paris (dans sa version quinquagénaire) est le seul à accorder encore un quelconque crédit aux thèses existentialistes et à croire que les caves de la Rive gauche sont restées des endroits sulfureux.

Banlieue

Faut-il s'aventurer
au-delà du périphérique?

La réponse est « Non ». S'il est parfois impossible d'éviter d'emprunter le périphérique parisien en voiture pour rejoindre l'avion qui vous emmènera à la Martinique ou à New York, franchir les limites de Paris intra muros dans le seul but de vous rendre en banlieue est très fortement déconseillé. La banlieue parisienne est une zone de transit et ne saurait en aucun cas constituer la destination d'un voyage.

Tout d'abord, comme tout Parisien vous le fera remarquer si vous évoquez l'éventualité d'un séjour en banlieue, qu'iriez-vous bien y faire? Rien, bien entendu. La banlieue n'est pour le Parisien qu'un vaste espace dortoir pour les « vraies gens » (voir cet article, p. 111) et les familles non recomposées qui ne peuvent pas se payer le luxe de résider à l'intérieur de la ceinture formée par les boulevards périphériques. Qui souhaite visiter un dortoir en plein jour?

La banlieue est à ce point sordide que la simple évocation de ses villes suffit à susciter angoisse et malaise chez le Parisien : Villetaneuse, Clichy-la-Garenne, Noisy-le-Sec, Créteil, Puteaux, Nanterre, que d'appellations qui agressent inutilement l'oreille du délicat Parisien, plus habitué à évoquer la butte Montmartre, la rue des Petits-Champs ou le passage des Panoramas.

Si la banlieue équivaut pour le Parisien à un vaste espace que son cerveau range dans la catégorie à usage multiple « reste de la France », il existe néanmoins des nuances entre les types de banlieue. En se livrant à l'examen attentif de la carte mentale du Parisien, on trouverait sans doute une distinction entre cinq zones de la couronne francilienne :

1. **La banlieue rassurante car connectée au métro**, pouvant en de très rares occasions faire l'objet d'un déplacement, comme par exemple Malakoff ou Saint-Ouen. (Attention : certaines villes de banlieue reliées au métro restent totalement infréquentables.) Ces banlieues sont par ailleurs celles qui accueillent des centres artistiques fréquentés par des Parisiens (le MAC/VAL de Vitry-sur-Seine, la Ferme du Buisson de Noisiel, etc.).

2. **Quand la banlieue rassurante car connectée au métro réussit, elle devient une banlieue transformée en annexe de Paris** et n'est plus dissociée de l'espace mental parisien (Montreuil à l'est, Boulogne à l'ouest).

3. **La banlieue avec de grandes allées où papa a une maison**, comme Versailles ou Saint-Maur-des-Fossés. Ces lieux sont fréquentables en de rares occasions estivales.

4. **La banlieue pavillonnaire, avec de petites maisons identiques à l'américaine**, comme Orly, Pantin ou Choisy-le-Roy, à éviter soigneusement en toutes circonstances.

5. La banlieue dangereuse où les jeunes s'adonnent au hip-hop et aux incendies de voitures le soir de la Saint-Sylvestre (et parfois aussi en cours d'année), comme Villiers-le-Bel, Clichy-sous-Bois ou Stain.

Citons enfin la gare du Nord et le Forum des Halles, véritables sas entre Paris et ses zones périphériques, pouvant à ce titre être rangés dans la catégorie « banlieue » bien qu'étant techniquement situés à l'intérieur des limites de Paris.

1. Si on vous offre un emploi en banlieue, n'acceptez que s'il est possible de vous y rendre en métro et d'emprunter à la sortie un corridor menant à vos bureaux en vous préservant de tout contact avec la population locale.

2. De même que les vraies gens ont leur propre régime alimentaire (voir le détail, p. 111), il convient de ne pas nourrir un banlieusard de finger-food végétarienne (il pourrait la recracher ou, pis, vous mordre la main) et de ne pas l'exposer sans précaution à un film de Philippe Garrel ou Xavier Dolan.

Bar à thème

Comment trouver un bar
sans thème à Paris
(ou une boutique sans concept)?

Quand un commerçant lambda décide d'ouvrir une boutique, il commande une étude de marché. Quand un Parisien investit dans un commerce, il se contente plutôt de trouver un concept ou d'imaginer un « état d'esprit ». Ce n'est que dans un deuxième temps qu'il choisit ce qu'il va vendre.

Il faut dire que le Parisien a été contaminé de longue date par l'idée que l'image de marque était plus importante que le produit, que l'emballage primait sur le contenu… Et avec la transformation progressive de Paris en parc d'attractions pour adultes, il devient capital pour tout lieu accueillant du public de proposer à sa clientèle une expérience, une touche, une griffe, une atmosphère… et surtout pas une vulgaire et trop attendue fourniture de service.

Comme Flaubert qui voulait écrire un livre sur rien, le Parisien caresse le fantasme d'un lieu commercial qui ne vendrait rien. En attendant de parvenir à ce stade ultime de la modernité, le Parisien se contente de conceptualiser au mieux possible l'espace qui accueille et valorise son produit. Il est de ce fait de plus en plus difficile de se rendre dans un lieu qui ne soit pas thématique, voire multithématique.

Pour mieux comprendre l'étendue des ravages du bar à thème et de la boutique conceptuelle, citons quelques exemples de lieux particulièrement effrayants :

★ les bars aux allures d'appart cosy, de salle de bains ou d'igloo, dont les cocktails portent des noms de peintres américains ou de groupes de rock anglais ;

★ les boutiques de vêtements qui vendent des disques de Phoenix, des films de Michel Gondry ou de Christophe Honoré dans un « corner culturel » ;

★ les charity concept stores qui déculpabilisent le Parisien de son achat à trois chiffres en déco ou produits culturels en reversant une part à une association de bienfaisance ;

★ les salons de coiffure agrémentés d'un espace brocante et d'une cabine de Photomaton argentique à l'ancienne ;

★ les restaurants proposant un massage shiatsu ou une lecture des lignes de la main avec leur formule déjeuner ;

★ les stations de métro décorées d'une expo éphémère d'artiste pop art, voire de vrais meubles Ikea ;

★ les néo-snacks et les néo-bistros (voire les modes d'emplois dédiés, p. 155 et 127) ;

★ les bars d'hôtel et de palace designés par Philippe Starck ou l'un de ses innombrables disciples.

De même que les vraies gens deviennent à Paris une denrée de luxe (voir p. 111), les bars qui s'en tiennent scrupuleusement à leur fonction initiale de débit de boissons sont de plus en plus rares. À ce rythme de conceptualisation effrénée, Colette ressemblera bientôt à l'épicier arabe du coin.

Notez que même les bars non thématisés les plus pouilleux sont colonisés par des Parisiens pervers qui considèrent cette absence de thème comme un thème de bar à part entière. C'est le cas de tous ces rades à mobilier en Formica et papier peint ringard et décrépi qui suscitent l'engouement de free-lances trentenaires au look d'adolescent rebelle.

CRÉEZ VOTRE PROPRE NÉO-BOUTIQUE PARISIENNE À THÈME

Voici quelques exemples de concepts à décliner à votre guise :

L'Air bar
Un bar d'air pur à consommer sur place.

Le Book & Pass
Un bookstore pointu de *comics* des années 50 où l'on peut recharger son Pass Navigo sur des bornes RATP.

Le Karao-Wash
Une laverie de quartier qui organise des sessions karaoké années 80 le week-end.

L'I Love Poors
Une boutique de lingerie en coton bio reversant 1 % de ses bénéfices à une association philanthropique sud-américaine.

Le Finger Coelho
Un néo-snack de finger-food vendant des intégrales de Paulo Coelho.

Le Bar simple
Un bar qui ne sert qu'une bière pression.

Bermuda

Comment votre bermuda peut-il devenir branché ?

À l'aide de l'exemple purement théorique du bermuda, nous allons tenter de comprendre le phénomène branché, dont la maîtrise des concepts est absolument essentielle pour une intégration parisienne rapide et quasi indolore.

Avec la branchitude, tout commence par une phase d'ennui. Quand les modes passées ou présentes commencent à être bien intégrées par la population parisienne et que le taux d'équipement des ménages parisiens s'approche de la saturation, les membres de la branchitude tiennent conseil et décident qu'il manque à Paris quelque nouveauté de nature à réveiller les consciences et à assurer le chiffre d'affaires des boutiques, la une des magazines féminins et les thèmes de soirée des boîtes de nuit. Cela arrive environ trois fois par mois.

De nombreuses réussites de l'histoire de la branchitude devraient vous persuader qu'à peu près n'importe quoi peut devenir hype du jour au lendemain (et donc le bermuda aussi). La moustache, le tricot, la coupe de MacGyver, les lunettes de premier de la classe, la casquette de base-ball, les synthés des années 90 et le look preppy en sont les preuves les plus criantes.

EXEMPLES D'ACTIVITÉS BRANCHÉES PARISIENNES

★ Boire du champagne avec des glaçons
★ Boire de l'eau (dans un bar à eaux)
★ Boire une bière à deux euros dans un PMU
★ Manger dans un cube sur le toit du Palais de Tokyo
★ Aller dans un karaoké
• Porter ironiquement la moustache
★ Danser sur du rockabilly
★ Porter des bottes de pluie en caoutchouc
★ Ne pas aller dans une soirée branchée

Comment ça marche ?

La branchisation obtient souvent ses plus grands succès en renommant un moment banal de la vie quotidienne ou un objet usuel, de préférence en anglais.

Parmi les termes passés dans le langage courant, on peut retenir le *buzz* pour la rumeur, le *(speed) dating* pour la drague, le *seven to one* pour l'apéritif dînatoire, le *fooding* et ses dérivés (*slow fooding, snacking, finger-fooding*, etc.) pour la restauration, le *clubbing* pour la sortie en boîte… La liste est infinie. Même la crise économique mondiale n'a pas tenu deux mois avant de devenir branchée (soirée ou menu de resto « anti-crise », T-shirt « *Fuck* la crise », etc.).

Comme le Parisien avide de branchitude a une mémoire de poisson rouge, l'histoire de l'humanité commence pour lui aux alentours du dernier week-end (les plus conservateurs d'entre eux remontent parfois jusqu'à la dernière Fashion Week). Il n'y a donc rien de surprenant à ce qu'il trouve révolutionnaire toute vieille idée remise au goût du jour.

Et le bermuda dans tout ça ?

Dans ces conditions, vous commencez à comprendre pourquoi même le bermuda a ses chances. Pour autant, n'ayez pas la naïveté de croire qu'il vous suffira d'en porter un pour le branchiser dans l'heure !

Seule une poignée de Parisiens détient le pouvoir magique de (re)mettre à la mode un concept ou un objet surannés. Ces individus changent souvent mais citons à titre d'exemple André, Frédéric Beigbeder, Nadège Winter. À votre niveau modeste (de non-lanceur), vous devez donc vous contenter d'adopter suffisamment rapidement les modes pour ne pas être taxé de suiveur.

Mais attention : à partir du moment où un magazine écrit qu'un phénomène est « branché », « hype », « pointu » ou « à la mode », il est justement délaissé par les mêmes branchés qui le jugent dès lors passéiste. Certains ayatollahs de la mode pouvant même considérer qu'une mise en vitrine chez Colette est déjà le début de vulgarisation un peu obscène d'un concept.

LE RETOUR DE LA VIANDE, UN CAS D'ÉTUDE

Quittons à présent notre bermuda et prenons l'exemple récent du retour en grâce de la viande.

1. La phase de rejet

La bidoche. Voilà bien une denrée que le Parisien moderne est appelé à détester par principe. Issue de la torture d'innocentes bêtes, elle heurte le Parisien concerné au plus haut point par l'équilibre écologique et le respect dû aux espèces animales. Elle évoque les packagings Charal, les steak-houses de bord d'autoroute ou les Buffalo Grill de grande couronne plutôt que les délicats assemblages néo-food du Haut Marais. Elle renvoie à une insupportable part d'animalité aberrante pour le Parisien, qui a déjà muté vers un nouveau stade d'humanité n'ayant plus grand-chose à voir avec l'*Homo sapiens* de province. Surtout, depuis qu'il a lu Jonathan Safran Foer, incontournable essayiste new-yorkais (donc parisiennement correct) auteur d'un pamphlet sur l'élevage bovin aux États-Unis (un sujet de préoccupation majeur dans le IVe arrondissement...), notre Parisien a définitivement tiré un trait sur l'alimentation carnée, consacrant un mépris non dissimulé à quiconque se rendrait dans une boucherie.

2. Le *revival* et les nouveaux mots

Mais, grâce à l'incroyable versatilité des tendances parisiennes, l'histoire ne s'arrête pas là. La tendance bidoche est en pleine ascension dans la capitale, grâce à la popularisation d'une race japonaise de Kobé : le bœuf *Wagyu*. Notez qu'il s'agit d'un terme inconnu, préalable obligatoire au lancement d'une mode parisienne. Si un New-Yorkais peut détruire une tendance, un autre peut la faire renaître : or c'est à New York que la vague *slow food* a favorisé l'apparition d'une génération de bouchers haut de gamme, les *neo-butchers*, qui vendent les morceaux de ces bœufs haut de gamme. *Wagyu*, *slow food*, *neo-butchers* : cela fait donc trois nouveaux mots et expressions. La machine à hype peut dès lors fonctionner à plein régime.

3. Le slogan et le discours éthique

Le *revival* viande s'est accompagné d'un slogan sympathiquement décalé, « I Love bidoche ». Nous sommes en plein dans l'exemple d'une réutilisation ironique d'un concept jadis honni (la bidoche, truc de prolo). Surtout, les bœufs japonais sont traités avec les égards dus aux sumos. Ils sont massés régulièrement, écoutent de la musique classique et, en la dégustant, le Parisien peut enfin s'adonner à une activité de consommation *en accord avec son système éthique.* À ce stade, la tendance néo-viande est mûre pour son opération de légitimation ultime : la une de magazines de tendances urbaines. On peut imaginer que d'ici 2015 la tendance se sera radicalisée et qu'on parlera de « vianding », voire de « néo-steaking » dans les magazines *lifestyle* de la capitale. Il sera alors temps de rappeler l'ex-néo-tendance du végétarianisme, de proclamer son « grand retour » et de rejeter la viande. Qui elle-même reviendra à la mode un an plus tard, selon le cycle infini de curiosité/lassitude qui façonne les mentalités urbaines contemporaines.

Il est très important de retenir que l'absence de branchitude est en soi un phénomène branché. Oui : le comble de la branchitude reste de négliger les lieux branchés. C'est ainsi qu'un simple déjeuner entre amis peut devenir plus décalé qu'un brunch, un drunch (brunch de fin d'après-midi) ou un goûter vide-greniers, jugés un peu trop scolaires par le vrai connaisseur. Le déjeuner ou le dîner que vous organisez entre potes tous les week-ends peuvent donc s'avérer être ultra-branchés, à condition qu'ils soient réalisés dans un esprit de second degré ou de décalage... Nous savons d'ailleurs depuis l'article « Bar à thème », p. 30, que c'est ainsi que les bars les moins glam (au départ) de la capitale deviennent fréquemment des repaires branchés (La Perle, Le Zorba, Le Folies, Chez Jeannette, etc.).

EXERCICE DE PROSPECTIVE

Phénomènes imbranchisables qui ont malgré tout une chance de (re)devenir branchés d'ici à 2020. Le bermuda, mais aussi :

★ Les chaussettes Snoopy
★ Le jean coupe regular
★ Les pin's
★ Le Rapido
★ Le boudin de porte en forme de chien-saucisse
★ Les kiwis
★ Le barbecue
★ Le maïs en épis

Bobolandisation

Comment fonctionne l'invasion bobo d'un quartier parisien ?

Il y a à présent tellement de bobos dans l'Est parisien que s'ils étaient des fourmis vous en écraseriez une centaine à chaque pas. Être contradictoire et tourmenté qui supporte difficilement de se trouver du bon côté de la barrière sociale, le bobo éprouve une sorte de honte de classe qui lui rend désirable tout ce qui est plus bas que lui.

Ainsi, il trouve les vraies gens (voir p. 111) si authentiques qu'il souhaite s'en rapprocher pour vivre comme eux ou, à tout le moins, dans les mêmes lieux qu'eux (nous allons voir que la nuance a son importance).

Cet article a pour but de vous aider à repérer facilement les zones de concentration de bobos pour mieux les contourner. Bien que ne faisant l'objet de nul plan d'attaque concerté, l'invasion d'un quartier par des cadres supérieurs de l'audiovisuel, du design d'intérieur, de la publicité et de l'administration culturelle (aussi appelée « gentrification » par les sociologues) a néanmoins pour les victimes l'apparence d'un raid collectif, causant de nombreuses pertes matérielles et civiles sur son passage. Voici les principales étapes de l'opération.

Étape 1

Le bobo élit domicile dans un quartier populaire un peu sordide, peu fourni en commerces de standing et de préférence multiculturel. Il se félicite de son choix alternatif (il a réaménagé une cordonnerie en loft) et prend plaisir à fréquenter les vraies gens du quartier qu'il adore appeler par leurs prénoms au bar PMU du coin où il a ses habitudes (voir l'article « Gens (vraies) », p. 111).

Étape 2

D'importantes vagues d'immigration bobo rejoignent rapidement notre précurseur. Là s'ouvrent des épiceries équitables, des juice bars, des boutiques de fripes vintage et de sacs à main éco-responsables en matières recyclées, des librairies de BD new-yorkaises et de mooks, des néo-snacks à soupes qui ressemblent à des garderies, des boutiques où trouver l'intégrale des films de Tony Gatlif et quelques salles de concerts à la programmation « pointue » (post-folk low-fi, néo-fanfare balkanique, électro minimale, etc.).

Étape 3

Les non-bobos, jadis majoritaires dans le quartier, voient d'un mauvais œil tous ces commerces qui remplacent les bars PMU, les bazars « Tout à un euro » pakistanais, les primeurs pas chers et les boutiques Allô Bled de cabines téléphoniques. Sous la pression immobilière des bobos, les loyers montent et deviennent inabordables.

Étape 4

Les non-bobos s'en vont. Le quartier se radicalise et devient un écosystème à part entière dans la ville. Petit truc : pour reconnaître le quartier bobo, cherchez le néo-coiffeur (voir aussi « Bar à thème », p. 30, pour une liste non exhaustive des échoppes conceptuelles typiques de quartiers gentrifiés).

Étape 5

Les collègues du bobo se moquent de son quartier d'habitation, sur le mode : « Mais tu vis à Boboland, ma parole ! » Excédés par ce harcèlement permanent, les bobos les plus engagés décident que l'endroit est devenu bourgeois et optent pour un nouveau quartier populaire, etc. Retour à l'étape 2.

La concentration de bobos dans une même zone électorale peut avoir comme grave conséquence l'apparition d'un vote communautariste bobo. Ce qui se traduit en général par la victoire d'un candidat écologiste.

Célibat

Comment ~~trouver un fuck friend~~ rencontrer l'amour à Paris ?

L'ambition professionnelle du Parisien, son manque de temps libre non productif comme son incapacité pathologique à s'intéresser à autre chose qu'à lui-même ont abouti à un phénomène regrettable : la montée du célibat. N'ayant ni le temps ni l'envie de se plier aux rituels fastidieux de la séduction, le Parisien optera volontiers pour une gestion de sa vie sexuelle et sentimentale calquée sur son agenda professionnel : efficience, gain de temps, management par objectifs.

Nous allons parcourir cinq méthodes classiques de rencontre afin d'en présenter les avantages et inconvénients respectifs.

1. Le site Croisé dans le métro

Croisedanslemetro.com est un repaire notoire de fétichistes et de désespérés. On peut par exemple y lire des messages aussi inquiétants que « T'ai aperçue quatre secondes au changement ligne 9/ligne 3 à Saint-Lazare et ne dors plus depuis, tu étais vêtue de noir et tu portais des bottes ».

Dans cet exemple, la rencontre est d'autant moins probable que deux Parisiennes sur trois peuvent se reconnaître dans cette description vestimentaire. Oublions donc la RATP.

2. Meetic et les multiples concurrents mis en ligne dans son sillage

Le site de rencontres pour Parisiens est né de l'idée qu'on pourrait appliquer à la rencontre amoureuse les mêmes critères de sélection rigoureuse que ceux utilisés pour la confection d'une salade customisée dans un néo-snack parisien (voir « Néo-snack », p. 155). La rencontre Meetic à Paris ne doit donc pas être confondue avec un rendez-vous galant. C'est un mode de rencontre directement inspiré des méthodes de ressources humaines. Suivez scrupuleusement les conseils pratiques ci-dessous pour maximiser l'efficacité de votre recherche.

★ Les Parisiens n'ont pas de temps à perdre. Les Parisiens de Meetic, encore moins. Pour une relation qui part sur de bonnes bases, soyez attentif à la **localisation géographique** de votre partenaire potentiel. Préférez nettement un(e) habitant(e) de votre arrondissement, ou bien assurez-vous que le ou la candidat(e) réside sur la même ligne de métro que vous (moins de dix stations) ou peut se rendre chez vous en moins de deux changements (et moins de dix stations). Le respect de ces quelques règles géographiques est nécessaire à la réussite de toute relation parisienne.

★ En raison du temps très important qu'ils consacrent aux **sorties culturelles**, les Parisiens en recherche de partenaire sur Meetic sont particulièrement attentifs à cet aspect de votre CV. Une technique intéressante consiste à faire vivre cette partie de votre présentation dans un court paragraphe résumant votre journée type.

Inspirez-vous de l'exemple ci-dessous pour remplir votre propre fiche culturelle Meetic.

★ « J'adore m'allonger sur les pelouses des Buttes-Chaumont / m'asseoir à une terrasse du Marais / flâner sur les quais le dimanche

★ en lisant un bouquin de Paulo Coelho / une nouvelle de Paul Auster / le catalogue de la collection printemps-été du Bon Marché / un supplément des *Inrocks* sur un groupe norvégien / le dossier sur les meilleurs macarons dans *À nous Paris*

★ avant d'aller au cinéclub de quartier / au MK2 Quai de Loire / au MK2 Bibliothèque / au MK2 Bastille / au Centquatre

★ pour voir une comédie légère en VOST / un festival de courts-métrages asiatiques / un film muet sonorisé par un groupe de musique tzigane. »

Vous hésitez sur les références qui doivent figurer sur votre fiche de candidat Meetic ? C'est sans doute parce que vos goûts ne sont pas suffisamment parisiennement corrects. (Re)lire les articles « Cinéma » (p. 50), « iPod » (p. 132) et « Galerie » (p. 108) peut vous aider à remplir votre fiche.

3. Le speed dating

L'avantage du speed dating est d'être encore plus rapide que Meetic, puisqu'une rencontre type dure en moyenne sept minutes. Contrairement à Meetic, il est malheureusement nécessaire de se déplacer pour participer à un speed dating et il est impossible de tricher sur sa photo.

Le speed dating et ses variantes (comme le « turbo » dating) permettent ainsi de caler sa recherche amoureuse dans le moindre trou d'agenda (par exemple, entre un apéro dînatoire et une vente privée nocturne). Et pour être vraiment certain de rentabiliser au mieux son temps hors travail, il est également possible d'opter pour une formule « cook » dating, idéale pour pratiquer la cuisine exotique épicée tout en avançant simultanément dans sa recherche de partenaire.

4. La rue

Cette méthode traditionnelle et ancestrale a l'avantage d'être gratuite. Elle serait parfaite si à Paris il n'était pas formellement interdit de parler à un inconnu (pour plus de détails, voir « Inconnu », p. 124).

5. Les ateliers de la Ville de Paris

Si autant de monde fait la queue pour s'y inscrire, n'allez pas croire que c'est en raison d'une envie soudaine et irrépressible de pratiquer le rempaillage de sièges ou l'émaillage sur cuivre. Simplement, tout le monde sait que c'est le dernier endroit à Paris où on a le droit de draguer sans risquer de finir au commissariat de quartier pour harcèlement.

Cinéma

Comment écrire
un scénario de film parisien ?

Que vous soyez natif de la capitale ou néo-parisien récemment installé, l'un de vos rêves les plus chers est très vraisemblablement d'écrire un scénario de long-métrage, que vous tournerez vous-même plus tard puisque vous êtes très polyvalent.

Votre prétention est légitime, mais sachez que vous n'êtes pas le seul à y avoir pensé. En effet, et comme l'attestent les piles de dossiers sur les bureaux des producteurs de la capitale, en de très nombreux Parisiens sommeille malheureusement un Philippe Garrel, un Cédric Klapisch ou un Christophe Honoré en puissance. Voici le premier mode d'emploi d'écriture de film parisien, tourné à Paris avec des Parisiens jouant leur propre rôle, destiné à un public parisien et à une critique parisienne.

Le décor

Il s'agira de Paris, bien sûr. Pas du Paris « vitrine » des touristes, non, vous montrerez dans votre film le Vrai Paris (voir l'encadré, p. 25), celui des petites gens, des marginaux, des rêveurs, des artistes. Vous planterez donc le décor dans un cadre pittoresque : la porte de la Chapelle, la Goutte d'Or, Belleville, voire l'avenue de Flandre pour un choix résolument radical, etc.

L'intrigue

Un film parisien s'encombre rarement de ce genre de lourdeurs narratives. Contentez-vous dans votre note d'intention de convier le futur spectateur à une errance prolongée dont les formes épouseront les brumeux contours de notre insaisissable capitale. Au hasard de rencontres aussi éphémères que bouleversantes, votre héros parisien s'effacera ineffablement au profit d'un maelström d'images, de sensations, d'humeurs… D'ailleurs, le vrai héros de votre film, n'est-ce pas plutôt la ville elle-même ?

L'univers

Si vous êtes réalisateur, vous parlerez longuement de vos rapports avec les actrices parisiennes (voir cet article, p. 15). Si vous êtes actrice récemment promue réalisatrice, vous raconterez des histoires d'actrices parisiennes. Que vous soyez homme ou femme, l'essentiel est de ne parler que de vos dernières aventures sexuelles en essayant de convaincre la critique que votre journal intime de *fils de* du VIe arrondissement mérite néanmoins d'être visionné par deux cent mille autres Parisiens.

Le titre

Pour l'export, le titre devra comporter « Paris », même si c'est un peu attendu, on vous l'accorde. *Paris*, tout simple mais efficace, est déjà pris, de même que *Les Parisiens*, *Deux jours à Paris*, *Dans Paris*, ou encore *Paris je t'aime*. Pourquoi alors ne pas tenter un *Paris, encore*, un *Si Paris nous murmure de nous aimer* ou, plus ambitieux encore, un énigmatique *De Paris* ?

Le casting

Pour vos personnages principaux, vous prendrez bien soin de sélectionner uniquement des acteurs eux-mêmes parisiens et de les affubler dans le scénario de noms qui « font » parisiens.

Exemples : Isild de Saint-Ange, Marie-Eugénie Audoin, Anne-Sophie Jeunet ou Apolline Margot.

Côté masculin, optez pour des prénoms courts, ne leur donnez pas de nom de famille pour appuyer le caractère cathartique et universel de leur aventure.

Exemples : Paul, François, Pierre, Louis, Hugo…

Astuces

★ Donnez le nom de l'actrice à son personnage, dans un savant mélange documentaire/fiction qui brouillera les codes en vigueur et provoquera l'enthousiasme de la critique.

★ Entourez-vous de fils et de filles d'acteurs et de réalisateurs célèbres (Marilou Berry, Louis Garrel, Julie Depardieu, Chiara Mastroianni… la liste est quasi infinie). Pour obtenir un rendez-vous avec un producteur ou une subvention, cette étape est parfois obligatoire.

SYNOPSIS TYPE
DE FILM PARISIEN

Noir et blanc, durée approximative : 3 h 27
Rôle féminin : Lola Créton, Charlotte Gains-bourg ou Léa Seydoux
Rôle masculin : Louis Garrel, Melvil Poupaud ou Romain Duris
Titre : *Tu sais pourtant bien que Paris n'existe pas*

Paris, de nos jours. Un étrange jeune homme, beau et élancé, marche. Il est 3 heures du matin et Louis ne sait pas où il va. Il ne sait pas qui il est, ni qui sont ses amis. C'est au moment où il s'apprête à sauter du pont des Arts que son chemin croisera celui d'Anne-Catherine de La Boétie, jeune aris-tocrate déchue, artiste paumée à la séduc-tion magnétique. Mais déjà Anne-Catherine disparaît dans la brume du matin. De café en musée, de jardin en rue déserte, Louis n'aura dès lors de cesse de rechercher cet amour perdu à travers Paris, bien qu'il n'ait toujours pas échangé le moindre mot avec elle au bout de deux heures de film. Mais est-ce vraiment Anne-Catherine que Louis recherche, ou sim-plement sa propre rédemption ?

Coach

De combien de coachs personnels un Parisien doit-il s'entourer ?

À l'époque pré-moderne (c'est-à-dire jusqu'aux alentours des années 90), le Parisien se rendait régulièrement chez le psy. Certes, il n'allait pas forcément mieux après. À l'issue de certaines séances, il trouvait même de nouvelles raisons d'aller mal auxquelles il n'avait pas pensé tout seul. Situation intenable à laquelle il a mis fin le jour où il a découvert les coachs.

Qu'est-ce qu'un coach ? C'est une personne qui se situe à mi-chemin entre l'ami (pour les conseils qu'il donne) et le psy (pour les tarifs pratiqués). Le tableau ci-dessous résume les spécificités de chaque intervenant dans la vie psycho-affective du Parisien.

	COACH de Parisien	PSY de Parisien	AMI de Parisien
Possibilité de consulter même quand tout va bien	Oui	Oui	Oui
Possibilité d'obtenir des conseils vestimentaires	Oui	Non	Oui
Remboursement Sécu	Non	Sous condition	Gratuit
Possibilité de multiplier les intervenants	Oui (une dizaine, voir encadré page suivante)	Non (déconseillé)	Oui (jusqu'à 4 990 sur Facebook)
Durée de la thérapie	2 semaines	20 ans	Variable

Comment entretenir une dizaine de coachs parisiens ?

À Paris, la vie se déroule en « mode projet », un peu comme dans une entreprise. Le Parisien a un projet de vie, un projet professionnel, un projet marital, un projet parental, un projet créatif, etc. Tout cela est compliqué, c'est pourquoi le Parisien s'entoure d'un ou de plusieurs coachs. Le fait que les artistes célèbres utilisent ces consultants personnels n'est pas étranger à l'engouement du Parisien pour cette manière nouvelle de dépenser son argent.

Le coach est essentiel à toute vie parisienne réussie, comme en témoignent les nombreux domaines de compétence et d'intervention des coachs spécialisés résumés ci-dessous.

Coach psycho-capillaire

Fournit un diagnostic personnalisé de votre profil capillaire. Vous conseille en produits de cosmétologie climatique pour adapter vos soins capillaires aux saisons et aux facteurs météo (le vent, la chaleur, l'humidité…). Vous accompagne chez le coiffeur et peut convoquer une réunion de travail avec votre consultant visagiste.

Coach sportif

Vous accompagne pendant votre jogging. Peut aussi compter les abdos pendant que vous les faites.

Coach vestimentaire ou *personal shopper*

Sur le modèle de la copine de fringues, le *personal shopper* vous aide à faire vos courses et vous dit ce qui vous va bien. Cependant, contrairement au majordome, il ne porte pas vos sacs.

Love coach

Essentiel pour maîtriser son *body language* en situation de séduction (ne pas se gratter le nez, se tenir bien droit, etc.). À consulter avant tout entretien d'embauche Meetic (voir « Célibat », p. 46).

Home stager

Vous conseille en accessoires de décoration pour votre appartement, notamment avant de le revendre ou de l'up-cycler (c'est-à-dire d'en réinventer les contours et de repenser la volumétrie générale des espaces à vivre). Également utile si votre but est de transformer votre logement en showroom de designer scandinave, ce qui vous est expliqué en détail dans l'article « Déco » de ce mode d'emploi (p. 64).

Coach scolaire

Assure la liaison entre le professeur particulier et le pédopsychiatre de votre enfant.

Life coach
ou *Holistic life coach*

Partant du principe que la vie, c'est compliqué, le *life coach* vous aide à vivre. Il peut aussi servir d'interface entre les différents coachs spécialisés que vous entretenez. C'est en quelque sorte le coach de coachs.

Conversation

Que dire à un Parisien auquel on n'a rien à dire ?

Dans la plupart des lieux parisiens (rames de métro, salles d'attente, spas, piscines, concept stores, bars lounge, restaurants fooding, etc.), il n'est pas nécessaire de converser avec d'autres individus. Un silence poli suffit amplement. Dans la rue, toute conversation est bien entendu proscrite (voir « Inconnu », p. 124).

Mais il existe malheureusement des cas de figure dans lesquels l'échange de paroles s'impose. C'est ce qui risque d'arriver, par exemple, si vous partagez un ascenseur bloqué avec un autre Parisien depuis plus de trois heures.

Amorces et idées de discussion

Étudions de plus près quelles solutions discursives s'offrent à vous lors de ces moments périlleux, qui restent heureusement fort rares.

La météo : à éviter

Dans le reste du monde (province, banlieue, DOM-TOM, etc.), les gens qui n'ont rien à se dire parlent de la météo. Rien de tel à Paris. Premièrement, chacun sait que la météo est pourrie les deux tiers de l'année et que le reste du temps il y fait trop chaud. Ensuite, parler de la météo ne représente aucun intérêt pour le Parisien. Il ne part pas en randonnée de haute montagne le mercredi, il ne conduit pas, il ne doit pas rentrer les bêtes à l'enclos en cas de pluie ; bref, le climat l'indiffère (tout comme l'indiffère l'ensemble des événements de l'histoire de l'humanité, mis à part le dernier album de Pete Doherty, le dernier film de Tim Burton, la vitrine de la semaine chez Colette, l'expo du moment à la Fondation Cartier ou la dernière « Monumenta » du Grand Palais).

Les grèves : pourquoi pas ?

Pour entrer en communication avec le Parisien, il faut donc lui parler de ce qu'il connaît. En cas de grève de la RATP, de la SNCF ou des aiguilleurs du ciel, vous trouverez facilement un motif d'insatisfaction à partager avec votre interlocuteur (nécessité de se lever à 5 heures pour trouver un Vélib' disponible, week-end à « Courche » ou à Deauville annulé, réunion du *board* à New York décalée, etc.).

La culture : oui

Le reste de l'année, optez pour les sorties ciné du mercredi. C'est imparable et ça permettra à chaque interlocuteur d'étaler un peu de sa culture « camembert rose ». Vous pourrez ainsi gloser sur l'importance de voir les films d'auteur en version originale, tout en regrettant qu'il y ait autant de « films commerciaux », qui peuvent néanmoins valoir le déplacement à titre de « divertissement » ou « pour passer un bon moment ».

LA LIGNE 13 :
VOTRE BOTTE SECRÈTE

Cas exceptionnels

Que faire dans les situations suivantes : absence de grève dans les transports, indifférence totale de votre interlocuteur à la cinéphilie, grève de la compagnie d'ascenseurs à l'origine du problème ? Sortez votre botte secrète et parlez de la ligne 13. Même s'il ne l'a jamais empruntée, un Parisien a forcément un avis sur la ligne 13.

Quelques amorces de discussion possibles

★ Pensez-vous que la ligne 13 soit vraiment la plus déshéritée du métro parisien ?

★ La ligne 13, n'est-ce pas au final un RER qui ne dit pas son nom ?

★ À votre avis, devrait-on dédoubler la ligne 13 pour la désengorger et, si oui, comment appellerait-on la nouvelle ligne ainsi créée, sachant qu'il existe déjà une ligne 14 ?

Dalle

Faut-il habiter
dans un néo-quartier
sur dalle à Paris ?

Non. Vivre dans un quartier sur dalle du siècle dernier
équivaut à une double peine. Les inconvénients de la
dalle venant s'ajouter à ceux de résider à Paris. Rappelons d'abord au lecteur que les principaux quartiers
parisiens sur dalle sont le Front de Seine, le quartier
du métro Bibliothèque François-Mitterrand, les alentours du Centquatre, les Olympiades et la Défense
(ce dernier étant situé à l'extérieur de la commune
de Paris).

Le principe d'un quartier sur dalle est de remplacer la
rue par une dalle, qui devient le faux sol sur lequel on
marche. Le climat y est affecté par la présence d'un
vent constant s'engouffrant entre les tours.

La circulation automobile s'effectue sous la dalle,
dans un entrelacs de voies en général agrémenté de
bouches d'aération, de réduits sordides et de locaux
de sécurité tout aussi avenants. Le quotidien du Parisien de dalle consiste à aller de son ascenseur à son
parking, de son parking à sa voiture, de sa voiture
au périphérique, pour enfin pénétrer dans le parking
de son lieu de travail et emprunter l'ascenseur qui le
conduit à son bureau.

Le résident du quartier sur dalle est donc très dépen-
dant à la fois de sa voiture et d'un grand nombre
d'ascenseurs répartis tout au long de son parcours
domicile-travail.

Les loisirs dans un quartier sur dalle : le cas de la Défense

Un cortège d'images déplaisantes accompagne automatiquement l'évocation du quartier de la Défense : empilement indécent de bureaux, axes souterrains bruyants et pollués, immense parvis foulé par des hordes de cadres trimballant leur PC portable dans une sacoche réglementaire… Sachez que, non contents d'y travailler de huit à dix heures par jour, certains Parisiens font le choix aberrant de vivre dans ce non-quartier. On parle alors de « Défensien ».

La Défense offre un panorama riche et varié d'activités ludiques et culturelles, comme en témoigne la liste suivante (non exhaustive) :

★ le musée de l'Informatique (dernier étage de la Grande Arche) ;

★ les concerts géants de Jean-Michel Jarre ;

★ le ministère de l'Écologie, de l'Énergie, du Développement durable et de la Mer (MEEDDM) ;

★ la journée de la secrétaire « I Love My Assistante » ;

★ l'université privée de management Léonard-de-Vinci, dite « fac Pasqua » ;

★ le centre commercial des Quatre Temps, d'une superficie de 130 000 m^2 ;

★ le salon annuel des professionnels des télécoms et des solutions e-business intégrées.

L'ÉCOQUARTIER DURABLE, REPÈRE DE BOBOS

Énième théorie délirante de l'urbanisme (la branche de la pensée humaine qui a abouti à la construction des villes nouvelles de grande couronne), l'écoquartier, tellement écologique qu'il en devient durable, est une forme de néo-quartier entièrement dessiné et réalisé par des urbanistes.

La première conséquence est que l'écoquartier est fait d'éléments de ville qui portent des noms étranges : agora, espace végétalisé, couloir piétonnisé... D'ailleurs, dès sa création, l'écoquartier porte lui-même un nom bizarre du type ZAC, périmètre requalifié, pôle de centralité, cité durable, programme résidentiel, plan de réhabilitation, etc.

Par sa gestion durable et intégrée des déchets comme par son ambition de mixité sociale, il va de soi que l'écoquartier est le point de chute idéal des colonies pionnières de bobos qui investissent un nouvel espace vierge (voir « Bobolandisation », p. 43), surtout dans les anciennes banlieues industrielles de petite couronne.

Déco

Comment se ruiner en transformant son appart en showroom de designer ?

Pour les gens normaux, être bien « chez soi » consiste à s'affaler lamentablement dans son canapé en face de la télé, une bouteille de bière astucieusement posée en équilibre entre les coussins. Une vision dégoûtante pour l'esthète qui sommeille en tout Parisien, qui d'ailleurs n'a plus la télé depuis longtemps.

Ce dernier nourrit pour son intérieur une ambition bien plus haute : le faire ressembler le plus possible à une couverture de magazine *lifestyle*, c'est-à-dire, le plus souvent, à un appartement moderne de designer scandinave ou de photographe berlinois.

Si les tendances déco changent très vite, l'idée générale reste de customiser son appartement avec des touches « arty », « design » ou « éco-compatibles » : hangar industriel loftisé, mur végétalisé dans les cabinets, fresques d'artistes graffeurs incrustées sur le plan de travail de la cuisine, magnets d'artistes sur le Frigidaire, ambiance lumineuse évolutive, etc.

Rendez votre intérieur inutilisable

Vous aurez tout à fait le droit de posséder dans votre appartement parisien un fer à repasser d'avant-guerre, une machine à écrire rétro, une collection de pochettes de vinyles de la Motown, un vieil ampli de salon de fabrication soviétique ou un presse-agrumes de Philippe Starck : l'essentiel est de ne jamais s'en servir. Un objet de décoration se doit d'être là pour le plaisir des yeux, non pour une quelconque utilité dont le Parisien n'a que faire.

Où se ruiner pour bien customiser son appartement ?

La religion du *lifestyle* exige du Parisien de fréquentes et onéreuses virées dans le quartier du Marais, sorte d'immense centre commercial à ciel ouvert pour CSP+. Le Marais dispose d'une quantité époustouflante de « petites boutiques design » hors de prix aux couleurs acidulées, fluo ou flashy, idéales pour transformer votre appartement en espace de jeux pour enfants de moins de 7 ans. Les brocantes du XIᵉ, aux tarifs dignes des antiquaires de la rue Saint-Honoré, sont également à fréquenter. (Voir aussi le kit décoratif du « néo-industrialo-bistro », p. 127, pour d'autres idées « déco ».) Enfin, le rituel parisien d'achat de mobilier ne serait rien sans la visite d'une boutique éphémère opportunément installée dans le Marais, rue Montorgueil ou aux puces de Saint-Ouen. Le principe de l'« éphéméride » du lieu étant, bien entendu, de stimuler à son maximum la frénésie d'achat du Parisien dont la peur de manquer augmente en proportion inverse du nombre de jours que dure le concept... Pensez également à faire appel à un coach en déco, un *home stager* (voir p. 55) qui saura vous accompagner dans votre projet d'éco-rénovation de votre domicile.

Pourquoi le Parisien part-il en quête de lieux de sortie meublés « comme à la maison » ?

Après quelques années d'aménagement pénible aux conséquences financières très lourdes, le Parisien peut constater avec joie que son « chez-soi » ressemble enfin aux pages de ses magazines de déco favoris. Il vit enfin dans un musée du design et ne peut donc plus utiliser son appartement en dehors des horaires de visite.

C'est à ce moment qu'il commence à rechercher des boutiques, des librairies, des cafés et des restaurants meublés « comme à la maison », avec des fauteuils, des tables, des casseroles, etc., pour retrouver l'esprit de « chez-soi » qui a disparu… de chez lui.

QUELQUES EXEMPLES
DE PRIX RELEVÉS
RUE DES FRANCS-BOURGEOIS

Prix d'un pouf en néoprène et polystyrène : 487 euros

Prix d'un fauteuil tressé à la main par des femmes aveugles d'Afrique centrale : 650 euros

Prix d'une ruche en liège du Portugal (oui, ça existe) : 300 euros

Prix d'un panier fourre-tout en papier recyclé (aussi appelé « panier à linge sale ») : 249 euros

Divorce

Comment être le couple parisien sur deux qui ne divorce pas ?

L'article consacré aux techniques de reproduction assistée par ordinateur telles que Meetic (voir « Célibat », p. 46) vous aidera dans votre recherche de partenaire. Mais le *Paris, mode d'emploi* ne vous abandonne pas en cours de route… Nous allons ici nous concentrer sur les moyens de préserver votre couple ainsi formé d'un danger omniprésent à Paris : le divorce. Ce n'est un secret pour personne qu'un couple parisien marié sur deux finira par divorcer. Aussi cet ouvrage se doit-il de vous livrer quelques précieux conseils pour vivre votre mariage dans une ambiance relativement sereine. Pour préserver votre couple des multiples pièges d'une vie parisienne normale, il existe certaines règles simples à respecter. Les voici :

1. Ne pas se voir

Le lecteur attentif de *Paris, mode d'emploi* apprend au fil des pages que l'équilibre mental du Parisien ne s'obtient que par un recours constant à la NOUVEAUTÉ. Sortir dans un nouvel endroit, acheter une nouvelle robe ou un nouveau top, lire un nouveau magazine de déco, pratiquer un nouveau type de danse africaine ou sud-américaine, écouter un nouveau groupe de rock indé ou fréquenter une nouvelle exposition participent non seulement à l'épanouissement du Parisien, mais contribuent bien souvent à maintenir un équilibre vital.

Or le mariage est par nature un mode de vie très peu compatible avec la recherche constante de renouvellement. Pour préserver un semblant de nouveauté, il est donc conseillé de ne pas se voir trop souvent. Et donc de faire chambre à part, voire de vivre dans deux appartements séparés. Le fait que des couples new-yorkais pratiquent cette séparation devrait d'ailleurs achever de convaincre votre partenaire. Les New-Yorkais sont en effet considérés comme des divinités par les Parisiens, qui scrutent leurs faits et gestes dans l'espoir de leur ressembler un peu plus chaque jour et de transformer leur arrondissement en annexe de Manhattan.

2. Ne pas faire d'enfant

La gestion de l'enfant parisien (voir « Enfants », p. 71), de la maternité à l'inscription à Henri-IV ou à Louis-le-Grand, s'apparente souvent à un parcours du combattant. Peu de couples mariés parisiens en sortent indemnes. Le temps consacré au couple en est réduit d'autant, aussi l'absence d'enfant peut-elle favoriser la préservation d'une intimité vitale pour votre mariage.

3. Ne pas lire la presse

À Paris, la tendance émergeante du mois de juin est en général reniée en septembre. Vous aurez beaucoup de mal à vous conformer à la mode du casual-libertinage (voir « Libertinage », p. 136), à suivre le phénomène de société incontournable du retour de la famille tradi tout en expérimentant, trois mois plus tard, la tendance du *post-romantisme* après une courte période où vous aurez découvert le *wedding-blues* dans un livre de psychothérapeute américaine. Votre couple n'y résisterait pas.

4. Ne pas sortir de chez soi ni pour travailler, ni pour faire des courses, ni pour aller au cinéma

À Paris plus qu'ailleurs, les sorties occupent une place importante dans la vie privée de chacun. Et qui dit sortie dit rencontre, qui dit rencontre dit drague, qui dit drague dit… infidélité. Vous l'avez compris, lecteur, la vie parisienne est un enfer pour les couples mariés, puisque les sollicitations extérieures y sont permanentes. C'est pourquoi nous vous déconseillons fortement de rencontrer des personnes nouvelles, et donc de sortir à Paris.

Remarque : à la lumière des conseils précédents, il apparaît que, pour préserver votre couple, il est important de fuir Paris au plus vite. Ou de ne pas vous marier du tout.

Enfants

Est-il indispensable de transformer vos enfants en singes savants griffés en Little Machin Truc ?

Tout dépend de votre projet éducatif. Si des circonstances malheureuses devaient vous contraindre à rester à Paris pour y élever vos enfants, nous ne saurions que trop vous conseiller de les armer au mieux pour la survie.

Contexte de reproduction

Le Parisien s'aime tellement qu'il arrive forcément un moment où il ne peut plus résister à la tentation de se reproduire, considérant l'arrivée d'un enfant comme une extension prometteuse de sa propre personne. En réalité, l'enfant de Parisien n'est guère plus qu'un accessoire supplémentaire à customiser à sa guise et au gré des tendances, un peu comme un appartement, une jardinière de balcon, une Vespa vintage ou un fond d'écran de MacBook. C'est pourquoi les enfants de Parisiens sont souvent les placards publicitaires des goûts de leurs parents.

Les étapes de la transformation d'un enfant lambda en Parisien accompli

De 0 à 3 ans : premiers dangers

Alors qu'il n'est encore que tout bébé, l'enfant parisien est très vite submergé de pédopsychiatres, de coachs, de stylistes, de journalistes et d'éducateurs qui conseillent les parents dans leurs moindres actions éducatives comme dans leurs achats quotidiens. En particulier, les parents parisiens sont encouragés à se rendre dans un *baby shop*. Sortes de Colette réservés aux 0-3 ans, les *baby shops* parisiens fournissent les parents en produits de soins bio pour bébé ou en doudous en poils de mouton écossais non traités. On vous apprendra sur place à accorder la couleur des sandalettes de marque de votre bébé parisien à celle de sa console de jeux portable. C'est aussi à partir du premier âge que les Parisiens commencent à entourer leur enfant de nounous et de précepteurs d'origine étrangère, afin qu'il parle trois langues dès son entrée en classe de CP. En outre, les baby-ateliers du Musée en Herbe sont recommandés pour que votre nouveau-né s'initie le plus rapidement possible à l'art contemporain et au pop art à travers des analyses d'œuvres d'Andy Warhol ou de Niki de Saint Phalle.

De 4 à 10 ans : vigilance accrue

Un peu plus tard, l'enfant parisien devient un *kid*. La situation peut devenir encore plus dangereuse puisque c'est à cet âge que ses parents deviennent la cible de Diesel Kids, Junior Gaultier, Zadig & Voltaire Enfant, Darel Enfant, Little Marc Jacobs, des chaussures Veja en fibres de coton issues du commerce équitable et des goûters d'anniversaire célébrés au Palais de Tokyo.

De 11 à 15 ans : l'âge de tous les dangers

Votre enfant poursuit son éveil créatif en participant par exemple à des goûters consacrés à l'art post-pictural. Il peut également s'inscrire à des cours de Kid Capoeira pour s'initier à l'acrobatie et travailler la maîtrise de son corps tout en apprenant quelques rudiments de portugais, ou encore s'initier à l'univers numérique et à la culture skate à la Gaîté lyrique.

Comment préparer vos enfants aux cocktails en ville dès leur plus jeune âge ?

À Paris, l'enfant se doit de participer dès son plus jeune âge à la partie sans fin de Trivial Pursuit qui oppose le Parisien à tous ses concitoyens et se prolonge dans les apéros dînatoires, les visites d'expos photo, les cours d'œnologie bio et les choix de playlists d'iPod (voir « iPod », p. 132).

Cartes et abonnements

Spectacles : abonnement à la Cité de la Musique, au Centquatre et au Forum des Images.
Presse : abonnement aux *Inrockuptibles* et à *MilK*, le magazine de la mode enfantine.

Culture cinématographique

Délaissez les Walt Disney et les films de super-héros, et préférez-leur un Buster Keaton, un Orson Welles ou un Hitchcock pour que votre enfant adopte très tôt une cinéphilie culturellement acceptable. À la limite, tolérez le visionnage d'un dessin animé de Miyazaki dans les moments de détente.

COMMENT ÉVITER DE TRANSFORMER VOTRE ENFANT EN SALE GOSSE DU XVIe ?

À chaque stade de développement de votre enfant, restez attentif et maintenez une discipline de fer pour éviter toute transformation non souhaitée et le plus souvent irréversible en sale gosse du XVIe arrondissement, ou Nappy (acronyme de Neuilly-Auteuil-Pereire-Passy).

Les trucs à interdire à votre ado en pleine puberté (période à risque élevé de nappisation si vous habitez l'ouest de Paris) :

Sorties de Nappy

Le Café Chic

Le Cab

Le VIP Room

Le Showcase

Les Skins Parties

Le Chalet des Îles

Le shopping avenue Montaigne

Le Mama Shelter (seul lieu de Nappy délocalisé dans l'Est)

Transport de Nappy

La Smart, la Fiat 500 ou la New Beetle font office de scooter du Nappy.

Entrisme

Comment entrer dans tous les endroits où personne ne vous a invité ?

Dans la recherche frénétique de distinction, la pratique de l'espace VIP occupe une place tout à fait centrale à Paris. La notion d'espace VIP est tellement bien ancrée dans les mœurs parisiennes que même la grande roue de la Concorde en possède un (une cabine noire décorée d'étoiles dorées se distinguant aristocratiquement des banales cabines blanches pour provinciaux aoûtiens).

Les différents obstacles qui séparent le Parisien de l'espace VIP et les moyens de les franchir

Le digicode

Le digicode est la première zone de contact entre le Parisien et le reste du monde. Il rassure tellement l'habitant de la capitale qu'il peut en placer jusqu'à trois entre la porte de son immeuble et celle de son appartement, et qu'il rêve parfois d'en installer à tous les points de transit entre Paris et la banlieue.

Le digicode a en général pour fonction principale de vous empêcher d'aller faire pipi dans la cour intérieure du Parisien. Une astuce simple permet de venir à bout des copropriétés qui font preuve de peu d'imagination dans le choix du code. La combinaison est généralement

Scolarité de Nappy
Le lycée Janson-de-Sailly
L'université Paris-Dauphine
Les écoles de commerce privées

Socialisation de Nappy
Fréquenter des filles et fils de
Aller au casino de Deauville en taxi

la suivante : numéro de l'arrondissement ou du département (75) / numéro de la rue / lettre de l'immeuble.

Le staff

Tout lieu parisien se voulant sélect et exclusif (c'est-à-dire tout lieu à l'exception de l'épicerie du coin ou du bar-tabac de quartier) se doit de poster à l'entrée une armée de gardes en costume afin de dissuader les visiteurs d'y pénétrer. Cette tradition d'accueil est très ancienne et illustre parfaitement le légendaire esprit d'ouverture de la ville. Sachez tout d'abord que franchir la porte ne donne jamais que le droit de payer dix euros sa bière, pour passer encore plus de temps avec les personnes insupportables dont vous avez déjà subi les conversations indigentes dans la file d'attente. Sauf qu'avec un peu de chance la musique couvrira leurs discussions.

Le carré VIP

Comme dans certaines cultures primitives, le carré VIP instaure une frontière visible qui matérialise la séparation sacré/profane distinguant les sages du commun des mortels. Quand celui-ci existe déjà, vous devez systématiquement demander à y être introduit.

Que faire lorsque le carré VIP n'a pas été pensé par les concepteurs du lieu ? Il se peut tout simplement que vous soyez dans une soirée de VIP. Tout le monde y étant important, il va vous falloir trouver une astuce pour recréer une hiérarchie sociale qui vous sera favorable… Vous pouvez donc :

1. Ne pas vous rendre à la soirée (une marque de votre mépris).

2. Vous y rendre trop tard (cela indique que vous avez mieux à faire).

3. Créer un carré VIP à l'intérieur même de la soirée (et montrer alors votre capacité à réinventer les normes et à créer la tendance).

Comment créer un carré VIP à peu près partout ?

Dans le réseau RATP

Il n'y a qu'une classe de voyageurs dans les transports de la RATP (bus et métro), aussi vous conseillerai-je de les éviter si vous n'êtes ni enceinte, ni ancien combattant, ni handicapé.

Dans un parc public

Le Rosa Bonheur est sans doute le plus incroyable exemple de privatisation et de *vipisation* d'un lieu accessible au tout-venant. Cet espace festif (voir « Bar à thème », p. 30) situé dans le parc des Buttes-Chaumont recrée opportunément tout l'attirail de l'exclusion dans un jardin public en proposant au Parisien file d'attente, mot de passe et videur dans ce qui n'était jadis qu'une simple gargote d'été.

Sur Internet

C'est très simple. Il suffit de vous inscrire sur un site communautaire pour Parisiens. Ciblez par exemple AttractiveWorld ou ASmallWorld, des sites de coopta-tion qui permettent aux cadres jeunes et beaux d'être certains de se retrouver entre eux et d'organiser des after-work en agréable compagnie (voir « After-work », p. 20, pour plus de détails).
La plus vieille technique parisienne d'attrape-VIP sur Internet reste la « liste de diffusion privée ». Au lieu

d'annoncer la soirée sur un site, l'organisateur vous demande de vous inscrire préalablement afin de vous ajouter aux *happy few* ou à la *guestlist*! Vous aurez alors l'impression que l'offre Pass 50 euros pour une table, des blinis au fromage et une demi-bouteille de champagne constitue une sorte de privilège qui vous est accordé.

Chez soi

Il suffit de privatiser son quartier, sur l'exemple de la Villa Montmorency dont les rues sont inaccessibles au public et qui dispose même de son propre service de voirie. Organisez rapidement un conseil de quartier ou une grillade de voisins pour présenter votre projet de privatisation de quartier.

POURQUOI LES ENDROITS SECRETS NE LE SONT-ILS JAMAIS ?

Quand elle ne s'occupe pas de son classement des meilleures boutiques de macarons et de chouquettes ou du Top 10 des bars à mojitos, la journaliste parisienne part à la recherche de « coins secrets ». Elle vous parlera ainsi environ une fois par semaine d'une « adresse très confidentielle ». En général situés dans un appartement cossu ou un lieu plus insolite (musées, parcs municipaux, piscines et bibliothèques constituent d'excellents lieux de « *clubbing* éphémère »), ces « bons plans » vous accueillent toujours, en guise de bienvenue, avec un videur, un physionomiste, un digicode et un mot de passe...

Parce que le Parisien s'ennuie beaucoup avec ses congénères, varier les lieux de sortie lui apporte la nouveauté que ses discussions de soirée ne lui offrent que très rarement. C'est pourquoi les nouveaux lieux, particulièrement quand ils sont confidentiels, possèdent sur lui un pouvoir d'attraction irrésistible.

Le Parisien ne s'amuse pas vraiment dans ces endroits (il ne s'amuse nulle part, d'ailleurs), mais il tremble à l'idée que d'autres pourraient avoir connaissance d'un lieu tenu pour « confidentiel » avant lui. Il se fait donc un devoir d'y aller (les lecteurs attentifs remarqueront que cette logique d'imitation anxieuse se retrouve dans la pratique des expos du Grand Palais, du Centre Pompidou ou du Palais de Tokyo). Puis, très vite, il en parle autour de lui dans l'espoir d'être jalousé par ses proches... C'est ainsi qu'en deux semaines tout lieu secret est en général connu de tous.

Étudiant

Comment survivre durant ses études à Paris ?

Vous pensez sans doute que la vie d'étudiant à Paris est une longue suite d'éveils à la phénoménologie de Husserl et à la sexualité sous ses formes les plus diverses. Pour une fois, cher lecteur, vous n'avez pas tout à fait tort. L'objectif final de la vie d'étudiant est d'obtenir assez de crédits pour valider son cursus. À partir de là, ce que vous faites pendant les deux à cinq années de vos études ne regarde personne.

Faut-il s'inscrire à la Sorbonne ?

Non. En entrant à la très prestigieuse Sorbonne, vous vous rendrez vite compte qu'on vous a abusé de bout en bout. Tout d'abord, il y aura bientôt plus de Sorbonne que de stations de métro à Paris. Paris I Panthéon-Sorbonne, Sorbonne-Nouvelle Paris 3, Paris-Sorbonne Paris IV, mais également depuis peu des pôles de recherche et d'enseignement supérieur (PRES) : Sorbonne Paris-Cité (Paris III, Paris V, Paris VII, Paris XIII), l'Hésam (Paris I Sorbonne) et Sorbonne Universités (Paris II, Paris IV, Paris VI)...

Vous pensiez vous prélasser dans les cafés de la Rive gauche entre deux cours dans le magnifique grand amphi de la rue des Écoles ? Dommage car, en guise de bienvenue, la « Sorbonne » vous enverra probablement dans un horrible préfabriqué à la porte de

Clignancourt, situé entre la voie du bus circulaire PC3 et les entrepôts d'une société de transport routier. Considérez encore ce bannissement aux portes de Paris comme un privilège par rapport au sort réservé aux étudiants de l'université Paris XIII, située comme son nom ne l'indique pas du tout sur les territoires de Villetaneuse, de Bobigny et de Saint-Denis (voir aussi l'article « Banlieue », p. 27).

Peut-on être certain de louper au moins un mois de cours par an (sur les cinq que compte l'année universitaire) ?

Oui. Il suffit de vous diriger vers les universités les plus contestataires. À Jussieu ou à Tolbiac, par exemple, il n'est pas rare qu'un étudiant de troisième année de licence ait vécu une grève d'au moins un mois chaque année de son cursus. La solution la plus radicale pour éviter de laborieuses heures de cours consiste à choisir des facs encore plus énervées, comme Paris X (Nanterre) ou Paris VIII, à Saint-Denis ou Villetaneuse, mais vous n'aurez alors pas l'immense privilège d'étudier au cœur de Paris. Un peu comme à la Sorbonne, finalement.

Faut-il aller à la BPI ?

Légende de la vie étudiante parisienne, la Bibliothèque publique d'information (BPI) du Centre Pompidou est très fréquentée en périodes de révisions de partiels. Cependant, votre concentration risque d'y être distraite à tout moment en raison des multiples nuisances propres à ce lieu d'étude. Citons notamment :

★ Les réunions de SDF se passant le mot pour venir passer la journée au chaud dans cette bibliothèque dont l'entrée est libre et gratuite.

★ La présence d'un défilé permanent d'étudiantes en beaux-arts ou en architecture dont l'objectif plus ou moins avoué est de décourager toute lecture studieuse par des tenues plus adaptées à une soirée mousse qu'à un séminaire de méthodologie universitaire.

Faut-il fréquenter des étudiants étrangers à Paris ?

Oui. La Cité internationale universitaire de Paris peut régler la question de vos sorties du week-end, puisqu'elle abrite quarante pavillons qui organisent chacun au moins une soirée par an.

Si vous faites partie des 98 % d'étudiants qui n'ont pas obtenu de place en Cité U, reportez-vous directement à l'article « Logement » de *Paris, mode d'emploi* (p. 139) et préparez-vous à découvrir l'enfer. Consultez votre médecin traitant pour obtenir des doses d'anxiolytiques adaptées tout au long de votre période de recherche.

La question que personne ne se pose

Une étudiante en master Génomique et productivité végétale (GPV) et un étudiant en licence professionnelle Métrologie, qualité et sûreté industrielle (MQSI) de l'IUT Paris Jussieu ont-ils une chance de se croiser dans les couloirs de l'université Paris-VII Diderot ? C'est très peu probable. Sauf s'ils se retrouvent côte à côte dans une soirée étudiante œcuménique trans-UFR (elles sont rares) ou attendent au même moment l'ouverture d'un service intersecteur comme le SeFoCoPP (Service commun de la formation continue, professionnelle et permanente) ou le SCUIOP (Service commun universitaire d'information et d'orientation professionnelle).

Expo

Pourquoi faut-il aller voir des expos à Paris ?

La question n'est pas anecdotique. Elle s'impose dans une ville où la marque de vêtements phare s'appelle Zadig & Voltaire, où l'on trouve pour cinq euros des intégrales de Kant ou de Heidegger dans les épiceries, où les kiosques à journaux de la Rive gauche mettent en avant la revue *Esprit* ou *Le Magazine littéraire* sur les présentoirs réservés communément à la presse people et où il est possible – et recommandé – de s'équiper d'une minaudière brodée représentant la couverture d'un classique de la littérature (Salinger, Cocteau, Balzac) pour masquer celle, honteuse, du poche que vous lisez.

Dans certains quartiers, il n'est même plus possible d'acheter un pull sans devoir lire un poème d'inspiration situationniste sur l'étagère. La culture est à Paris une partie géante de Trivial Pursuit jamais achevée, un sport de compétition auquel chacun se doit de participer. Enfin, n'oublions jamais que chaque Parisien est lui-même une œuvre d'art en construction perpétuelle.

C'est à la mesure de cet environnement que nous pouvons comprendre l'obsession parisienne pour les « expos ». Obsession qui peut tourner à la névrose pathologique dans les cas les plus sévères, comme en témoignent les phases successives d'angoisse dont souffre le sujet à l'approche d'une expo « star » ou « événement » (elles ont lieu environ une fois par mois).

Le trouble de la névrose culturelle
en sept phases

Phase 1

Tout commence en général par une affiche collée dans le métro. Le sujet y découvre le nom jusque-là inconnu d'un peintre flamand dépressif mort dans le dénuement et l'oubli ou d'une photographe post-réaliste des années 60 qui a travaillé avec Andy Warhol. L'exposition étant présentée comme un « événement » et sa durée étant courte, le rythme cardiaque du sujet parisien s'accélère. L'angoisse monte.

Phase 2

L'exposition fait la une d'*À nous Paris*, du *Figaroscope*, du supplément « Sortir » de *Télérama* et des *Inrockuptibles*. Elle est chroniquée dans les pages culturelles du *Monde* et de *Libération*. Il devient donc difficile de faire mine de l'ignorer.

Phase 3

La pression est à son comble : les amis et les collègues commencent à parler de l'exposition, le sujet doit la visiter dans les jours qui viennent s'il veut éviter une crise grave.

Phase 4

Le Parisien se rend donc au musée, non sans avoir acheté deux mois à l'avance son billet coupe-file, formidable invention de planification culturelle ayant rendu impossible toute tentative de visite impromptue d'une expo ou d'un monument.

Phase 5

Le Parisien fait la queue dans la ligne réservée aux « billets coupe-file ».

Phase 6

Le sujet se rend compte que, finalement, ça n'est qu'une exposition : il est déçu. Il pense déjà aux autres expos qu'il a loupées pendant sa visite…

Phase 7

Une fois la visite achevée, le Parisien peut acheter un catalogue ou un beau livre excessivement chers en lien avec l'artiste. Alors seulement, son angoisse décline lentement et son rythme cardiaque retrouve un niveau normal. Il peut enfin se calmer et vaquer à ses occupations habituelles : faire du shopping, dîner dans des néo-bistros, sortir en club et louer des DVD.

Fête

Peut-on faire la fête tous les jours à Paris ?

Malheureusement, la réponse est oui. Faire la fête tous les jours est même devenu une obligation. Le projet culturel de la Ville de Paris et des innombrables associations de convivialité et comités des fêtes parisiens consiste à organiser une géante attraction festive ininterrompue du 1er janvier au 31 décembre.

Il y a tellement de fêtes à Paris qu'il vous faudra même en rater une si vous espérez trouver le temps d'aller un jour à Disneyland Paris. Le calendrier néo-festif suivant va vous permettre d'anticiper les innombrables nuisances festives parisiennes.

Calendrier festif parisien

Il est vivement recommandé de toujours garder ce calendrier avec vous – vous pouvez le coller au dos de votre carte de poche du métro parisien.

Automne

Fête de l'Humanité

Malheureusement située à La Courneuve pour des raisons évidentes de fidélité au prolétariat urbain, la Fête de l'Huma est le plus grand rassemblement français de communistes moustachus et d'étudiants en fac de lettres amateurs de chanson française.

Niveau de nuisance sonore : maximal
Circulation : impossible
Mise en garde spéciale : ne pas abuser des merguez,
souvent trop grasses ou trop grillées.

Nuit Blanche

Comme son nom l'indique fort bien, l'ambition culturalo-festive de la Nuit Blanche est d'empêcher un maximum de Parisiens de dormir. Toutefois, et contrairement aux soirées de Coupe du monde de football (elles aussi généreuses en nuisances nocturnes), la Nuit Blanche a malheureusement lieu tous les ans !
Niveau de nuisance sonore : maximal
Circulation : impossible
Mise en garde spéciale : avant d'appeler les pompiers, veillez à ne pas confondre une installation holographique éphémère d'un artiste japonais avec l'incendie de votre immeuble.

Hiver

Fashion Week

À Paris, chaque habitant défile 365 jours par an, d'où l'apparente innocuité d'une telle manifestation. La Fashion Week est cependant l'occasion d'une surenchère vestimentaire quasi insupportable pour le passant moyen. On reconnaît ces semaines spéciales aux hordes de modeux qui envahissent les trottoirs du Marais, du XIe arrondissement et des alentours du jardin des Tuileries, en particulier sur le trottoir de Colette, rue Saint-Honoré.
Niveau de nuisance sonore : faible
Niveau de nuisance visuelle : maximal
Circulation : bonne

Mise en garde spéciale : éviter en particulier les quartiers de l'Est (Bastille, rue Saint-Claude), le Marais et le Ier arrondissement, où sont concentrés les showrooms de créateurs parisiens.

Salon de l'Agriculture

Fréquenté par un public très différent de celui de la Fashion Week, le Salon de l'Agriculture est la seule occasion annuelle pour le Parisien de croiser une vache, un mouton ou un cochon en dehors des repas.
Niveau de nuisance sonore : nul à l'extérieur, maximum à l'intérieur
Niveau de nuisance olfactive : nul à l'extérieur, maximum à l'intérieur
Circulation : difficile aux alentours de la porte de Versailles
Mise en garde spéciale : éviter de venir en escarpins ou en ballerines.

Printemps

Salon du Livre

Il va de soi qu'un Parisien digne de ce nom obtient sans difficulté un pass pour le soir de l'inauguration. C'est un peu comme un vernissage, mais dans un hangar et avec 150 buffets différents. On y croise la fine fleur des lettres françaises venue rencontrer son public (Marc Levy, Jean-Pierre Coffe, Anna Gavalda…).
Niveau de nuisance sonore : faible, à condition de rester chez vous
Circulation : bonne, sauf dans les allées du Salon
Mises en garde spéciales : ne pas boire plus de trois coupes par stand. Acheter un livre de temps en temps pour ne

pas trop éveiller l'attention. Changer de secteur une fois que vous êtes repéré.

Foire du Trône

Événement un peu à part puisqu'il ne s'agit pas à proprement parler d'une néo-fête (elle fut créée en 957). Se repère aisément à la présence soudaine dans le métro de peluches géantes gagnées au stand de tir à la carabine.

Niveau de nuisance sonore : extrême
Niveau de nuisance visuelle : maximal
Circulation : impossible
Mises en garde spéciales : ne pas y aller en voiture. Ne pas y aller en métro. Ne pas espérer ranger son Vélib'à moins de trois kilomètres de l'événement. La solution idéale reste de ne pas y aller du tout.

Été

Festival de Cannes

Comme son nom l'indique, l'événement n'a pas lieu à Paris. Mais il est de bon ton d'y aller ou de se sentir très concerné par son déroulement. Sur place, l'omni-présence des soirées VIP comme l'abondante livraison de people saisonniers rendent le Parisien hystérique. D'autres fêtes parisiennes délocalisées en Provence figurent à l'agenda estival du Parisien souhaitant affiner son bronzage sans pour autant abandonner ses ambi-tions culturelles. Citons notamment Aix-en-Provence (art lyrique), La Roque d'Anthéron (piano), Arles (photographie) et Avignon (théâtre).

Circulation : difficile (TGV complets les jours précédant l'événement)

Mise en garde spéciale : lire l'article « Entrisme » de ce mode d'emploi (p. 76) pour mieux comprendre le fonctionnement du festival et des soirées VIP.

Paris Plages

Pendant Paris Plages, mais aussi tous les dimanches d'été (opération « Paris respire »), les voies sur berges sont fermées à la circulation. Si vous souhaitez revivre certaines scènes de films de science-fiction post-apocalyptique comme *La Route* ou *Je suis une légende*, un jogging dans un tunnel automobile interdit aux véhicules devrait vous combler.

Niveau de nuisance sonore : important
Niveau de nuisance visuelle : variable
Circulation : impossible (c'est le principe de l'événement)
Mise en garde spéciale : ne surtout pas se baigner.

Fête de la Musique

Sympathique événement national. Prenez trois jours de RTT pour avoir le temps d'étudier le programme détaillé par arrondissement.

Niveau de nuisance sonore : démentiel, insupportable
Circulation : impossible
Mises en garde spéciales : ne pas espérer se déplacer à plus de trois mètres à l'heure. Ne pas s'éloigner de son quartier. Penser à louer un DVD avec des sous-titres français (le seul moyen pour vous de suivre l'action, vu le bruit qui entrera dans votre appartement).

Gay Pride

Si vous avez toujours voulu savoir à quoi ressemble l'amicale des gays de la police nationale, c'est l'occasion unique de les voir défiler sur leur char. La Gay Pride est aussi l'événement idéal pour se frotter à la frange homo-trash de la communauté gay sans avoir à s'aventurer dans une backroom (voir aussi « Libertinage », p. 136).

Niveau de nuisance sonore : maximal
Niveau de nuisance visuelle : extrême
Circulation : impossible, sauf si vous êtes sur un char (implique de danser en string sur de la musique techno)
Mise en garde spéciale : en profiter pour faire ses courses dans le Marais, vidé de ses habitants le temps du défilé.

Flash mob

Faut-il participer à une flash mob pour avoir l'air cool ?

Manifestation éclair à vocation artistique et humoristique (le Parisien a aussi beaucoup d'humour), la flash mob est l'une des innombrables inventions puériles du Parisien pour échapper à l'ennui et garnir son profil Facebook de nouvelles photos de lui en train de s'amuser. En outre, la flash mob est compatible avec son ambition d'être l'artiste de sa propre vie en participant joyeusement à des happenings artistiques éphémères (quand il ne les organise pas lui-même, lire aussi l'article « Soirée », p. 191).

Les types les plus répandus de flash mob à Paris sont le Kiss-In, le Free Hugs et la Pillow Fight. Cette avalanche de termes anglais doit évidemment nous inciter à la plus grande prudence vis-à-vis de cette pratique régressive très prisée des jeunes et de ceux qui travaillent dans des agences de com.

Contexte : qu'est-ce qu'une activité régressive ?

Profitons de ce mode d'emploi à l'usage de l'artiste éphémère disruptif qui sommeille en vous pour nous pencher sur l'origine de la flash mob et de nombreux projets de stupidité au moins égale pratiqués par le Parisien, tous inspirés par la même logique : le comportement régressif.

En gros, il s'agit de l'alliance entre l'âge mental d'un

enfant de 8 ans et un pouvoir d'achat de cadre supérieur. Le mode de vie régressif est souvent encouragé par la presse culturelle et féminine parisienne. On parle alors d'un « cupcake à la barbe à papa délicieusement régressif », d'une « soirée années 80 hyper régressive », voire d'une voiture de luxe au « design régressif »...

Quels sont les avantages d'une flash mob par rapport à une insurrection populaire ?

Tout au long de l'histoire de France, le Parisien s'est illustré par ses penchants contestataires. S'il lui est arrivé à plusieurs reprises de descendre dans la rue pour faire la révolution, il préfère aujourd'hui manifester pour de rire. Dans le cadre d'une flash mob, la mobilisation n'est requise que pour une demi-heure : elle est donc compatible avec un emploi du temps parisien, contrairement à la révolution qui peut s'étaler sur plusieurs mois et entraîne généralement de nombreuses pertes civiles.

La flash mob est fun et festive. Elle s'accompagne traditionnellement d'un *sound system* et d'un *line-up* de DJs (pour les difficultés du langage électro parisien, consulter l'article « Flyer », p. 101). À l'inverse, l'insurrection ou la révolte de rue portent souvent sur des revendications sociales jugées très ennuyeuses (hausse du salaire minimal, des pensions de retraite, etc.). S'il est un lecteur assidu de Tiqqun et de l'*Insurrection qui vient*, notre Parisien rebelle pourra allier le plaisir de la subversion post-situationniste à l'engagement révolutionnaire plus classique (voir « Néochansonnier », p. 148, et « Squat », p. 196).

Comment distinguer une flash mob de trentenaires régressifs dans le métro d'un simple attentat terroriste ?

Les flash mob de métro consistent en général à voyager sans pantalon (No Pants Day) ou à se battre avec des oreillers (Pillow Fight Day), ce qui ne cause que des blessures légères. La Party Terrorist consiste quant à elle à investir un lieu public (parfois une rame de métro) pour y provoquer une action festive.

MÉFIEZ-VOUS DES FREE HUGS !

En contradiction avec les règles les plus élémentaires rappelées dans ce mode d'emploi – ne jamais sourire (voir « Gueule », p. 114), ne jamais adresser la parole à un inconnu en pleine rue (voir « Inconnu », p. 124) –, les amateurs de flash mob s'autorisent une fois l'an une transgression totale de tous leurs codes de conduite. Ainsi la Free Hugs, variété particulièrement désagréable de flash mob, consiste à proposer câlins, sourires et baisers à d'autres personnes choisies au hasard (dans le dernier cas, on parlera plus volontiers de Kiss-In).

Fort heureusement, le Parisien adopte le reste de l'année une attitude plus réservée. Toutefois, une explosion de convivialité parisienne est toujours à craindre à l'occasion, par exemple, du télescopage entre une Free Hugs et un événement festif municipal de type Paris Plages ou, pis, un apéro géant.

Flyer

Comment décrypter
un flyer de soirée électro ?

Depuis déjà une quinzaine d'années, le Parisien a découvert avec la musique électro une nouvelle raison de sortir, de s'amuser et surtout de dire des mots nouveaux d'origine anglo-saxonne. Et comme rien n'enthousiasme le Parisien autant que la maîtrise d'idiomes venus des États-Unis, un cours de décryptage de flyer de soirée électro s'impose dans le cadre de ce mode d'emploi. Pour vous aider à survivre en milieu électro parisien, nous allons donc nous livrer à l'étude sémantique approfondie d'un extrait de flyer lambda.

Extrait de flyer trouvé sur le site
Internet d'un club de référence

« C'est un mix eklektik et évolutif qui vous fera groover sur la funk, l'électro à base de bootleg hip-hop, le rock, la house et la tek, pour finir sur du break beat, ragga jungle happy drum'n'bass avec la touch personnelle de l'artiste : la breizh'n'bass, courant et concept avant-gardiste qu'elle a inventé. Fascinée par le turntablism, elle intègre du skratch dans ses sets. »

Explication de texte

Vous n'avez rien compris à cet extrait ? Pas de panique, nous allons le décortiquer méthodiquement.

Remarquez tout d'abord comment le chargé de flyer (sans doute un free-lance, voir p. 104) a subtilement parsemé son texte de quelques lettres et suffixes à consonance anglophone pour mieux dérouter le lecteur : « eklektik », « tek », « touch personnelle », « turntablism »… Du beau travail.

Passons au contenu. Le « mix » – comprenez le concert lui-même – proposera un choix varié de musiques contemporaines, dont les noms posent quelques problèmes de compréhension. Le caractère éclectique de la soirée est confirmé par l'intention de l'artiste de faire usage de « bootlegs », c'est-à-dire de mélanges de plusieurs sons de provenances diverses.

Arrêtons-nous un instant sur deux expressions particulièrement ésotériques : « ragga jungle happy drum'n'bass » et « breizh'n'bass ». À l'exception de quelques journalistes très spécialisés et, peut-être, des artistes eux-mêmes, personne ne sait vraiment de quoi il peut s'agir. Il est donc inutile de trop s'attarder sur le sens précis de chaque mot du flyer : l'essentiel est que vous reteniez la logique d'ensemble. C'est là-dessus que nous allons à présent travailler.

EXERCICE DE TRADUCTION
ÉLECTRO-PARISIEN > FRANÇAIS

Livrons-nous à un petit exercice de compréhension générale. À l'aide de l'explication de texte de la page précédente, reformulez au mieux l'extrait de flyer dans un langage accessible à tous. Puis vérifiez la pertinence de votre création en comparant au corrigé ci-dessous.

Corrigé

« Les organisateurs de ce concert électronique d'ambiance évolutive se proposent de construire une ambiance musicale propice à la danse, utilisant pour ce faire des musiques chaloupées et des rythmes syncopés provenant de différentes latitudes. L'artiste aura enfin le plaisir de vous initier au courant musical avant-gardiste qu'elle a contribué à populariser : l'électronique rythmique d'inspiration celtique. Précision : des performances de tournage de disques avec les doigts seront également au programme. »

Pour finir, quelques exemples de courants musicaux particulièrement « pointus » que vous pouvez citer en toute occasion : techstep, neurofunk, dubstep, electro cuban, EBM, eurobeat, house-dub. Vous pouvez aussi, bien entendu, inventer votre propre courant musical parisien et le populariser à l'aide d'une page Myspace.

Free-lance

Comment mieux comprendre le free-lance parisien ?

Quand le Parisien ne sévit pas en open-space (voir « Métier », p. 143), on dit en général qu'il est free-lance. C'est-à-dire à son compte. Comme c'est le cas d'un nombre grandissant de Parisiens, ouvriers des industries culturelles et médiatiques produits à la chaîne, il est très utile de savoir comment bien parler de votre activité de free-lance afin de vous distinguer de la masse de vos semblables.

1. Faites rêver

Le free-lance doit tout d'abord avoir un emploi dont l'intitulé impressionne ses proches (souvent, il est vrai, parce qu'ils n'en comprennent pas le sens). Ne laissez jamais entendre que vous êtes un simple tâcheron de l'industrie culturelle. Par exemple, ne vous annoncez pas comme « graphiste », « flasheur » ou « dessinateur ». Dites plutôt que vous êtes « D. A. » (directeur artistique), ou même « A. D. » (l'équivalent anglais). Car *le free-lance est souvent directeur de quelque chose*. « Chef de projet production », « directeur de plateau », « superviseur de stratégie », « consultant en relations presse » ou « responsable de suivi créatif », il importe que votre titre suggère le niveau de vos responsabilités et le caractère irremplaçable de votre tâche. N'hésitez pas à en rajouter, tous les free-lances doivent en passer par là.

2. Mentez souvent

Ne parlez jamais de votre emploi d'appoint (celui qui vous permet de payer votre loyer). Les Parisiens n'ont pas à savoir que vous êtes pion dans un collège de banlieue, serveur dans un bar branché d'Oberkampf ou que vous distribuez le journal *20 Minutes* à la sortie du métro. Aussi, vous devez être en mesure à tout moment (et surtout lors de vernissages) de disposer de cartes de visite qui mentionnent votre activité artistique. Surtout, et quel que soit votre statut fiscal, dites toujours « free-lance » et jamais « auto-entrepreneur ».

3. Quel métier de free-lance choisir ?

Parmi les métiers de free-lance les plus courus, citons ceux de *photographe de mode, DJ, infographiste ou web-master*. Ce dernier ayant souffert de la bulle Internet, on le trouve souvent au Pôle emploi et à longueur de journée sur Facebook. Il constitue par ailleurs l'essentiel de la clientèle des cafés Wi-Fi parisiens, où il aime travailler avec son Mac portable.

Notons que, d'une manière générale, le free-lance parisien aime « travailler » en public, de préférence dans un café de free-lances avec un MacBook Air. Quand il sévit dans le secteur visuel, le free-lance tient en main un petit carnet de gribouillis (dites plutôt de « *roughs* ») sur lequel il griffonne négligemment ses dernières idées géniales.

Le *journaliste* free-lance (ne dites jamais « pigiste », mais plutôt « reporter », « chroniqueur » ou « journaliste indépendant ») est de plus en plus répandu, conséquence malheureuse de la multiplication des journaux gratuits et des sous-chaînes du câble.

Le *blogueur* est aussi un personnage qu'on croise de plus en plus souvent dans les lieux de free-lances (cafés, soirées, showcases, défilés, expos, vernissages). Notons que son modèle économique reste particulièrement obscur (mais n'est-ce pas le cas de tous les free-lances ?).

Mais le top du top en matière de travail indépendant reste bien sûr *réalisateur*. Dites plutôt « réal » et, encore une fois, n'entrez pas dans les détails sur vos emplois du moment (premier assistant caméra, scripte ou stagiaire de plateau de court-métrage amateur de science-fiction, etc.). Dites simplement que votre travail est l'équivalent du *director* américain, notion complexe que les Français ont encore du mal à intégrer… Pour plus d'infos, se reporter à l'article « Cinéma », p. 50.

EN SAVOIR PLUS
SUR LE FREE-LANCE

Remarque sociolinguistique
Le free-lance a souvent un scooter, qu'il appelle « mon scoot ».

Remarque esthétique
Le free-lance (masculin) porte systématique-ment une barbe de trois jours, parfois depuis plusieurs années. Sauf s'il est un hipster (voir « Hype », p. 118), auquel cas il opte pour une vraie barbe taillée et lustrée.

Remarque culturelle
Les accouplements entre free-lances et bobos parisiens sont fréquents, le bobo constituant souvent le seul public du free-lance.

Galerie

Comment survivre à un vernissage
dans une galerie parisienne
quand on ne connaît rien
à l'art contemporain
et qu'on ne tient pas l'alcool ?

Il est impossible de se dire parisien si l'on n'a jamais assisté à un vernissage dans une galerie du Marais ou de la rue Louise-Weiss. « Je me rends à un vernissage » et « Je suis parisien » peuvent même se traduire par la même phrase dans certaines langues étrangères.

Vous avez donc un(e) ami(e) artiste

Ça ne fait rien, cela peut arriver à tout le monde. Jusqu'à présent, votre ami(e) artiste ne vous importunait pas trop, restait sagement dans son petit atelier sombre et bordélique, et ne vous empruntait de l'argent qu'une fois par an… Mais voilà que, le succès aidant, il ou elle se met à « exposer son travail ». Vous n'avez donc pas d'autre choix que de vous rendre au vernissage de l'exposition (on dira plus volontiers « accrochage ») de votre ami(e).

Quels en sont les dangers ?

Ils sont multiples : vous pouvez avoir l'air idiot, passer pour un pique-assiette, boire trop de champagne à jeun et vomir sur une installation à 15 000 euros que vous auriez confondue avec un appareil de nettoyage industriel.

Afin de limiter les dégâts, restez sur vos gardes tout au long de la soirée et suivez scrupuleusement ces quelques conseils pratiques.

Comment réussir son arrivée ?

En entrant dans la galerie, évitez de fondre sur le bar avant d'avoir salué l'artiste. Lequel ne se rappellera sans doute pas votre nom mais ne vous en remerciera pas moins d'avoir fait le déplacement. Il est possible qu'il poursuive ensuite tranquillement sa discussion théorique avec le galeriste comme si vous n'existiez pas. Tant que vous êtes à jeun, ne vous immiscez pas dans la conversation et évitez toute remarque relative au travail de l'artiste. S'il s'agit d'une performance, gardez un air pénétré, ne souriez pas et attendez que quelqu'un applaudisse avant de vous lancer. Si vous êtes confronté à un dispositif sonore ou à une création immatérielle instantanée (c'est-à-dire s'il n'y a rien à voir), n'ayez pas l'air surpris, ne demandez pas où sont les tableaux.

Que faut-il dire ?

D'une manière générale, vos critiques ne sont pas les bienvenues, étant donné que vous n'êtes qu'un profane. Faites comme tout le monde et abusez d'abord de l'alcool avant de vous exprimer. Vos maladroites marques d'admiration face au travail de l'artiste n'en seront par la suite que plus convaincantes (surtout, dites toujours « travail » quand vous faites référence aux œuvres exposées et jamais « tableau », « truc au milieu » ou « gros machins encastrés dans le sol »).

Comment bien s'éclipser ?

Aux alentours de 19 heures, vous êtes déjà bien éméché. Si un(e) journaliste à lunettes carrées répond à vos questions lourdingues en vous expliquant qu'il/elle travaille dans une revue transdisciplinaire qui interroge la notion même de revue transdisciplinaire et déconstruit le rapport esthétique dans le geste de performance, ne paniquez pas. Félicitez-le/la chaudement pour ses prises de position courageuses et dirigez-vous d'un pas maîtrisé, mais décidé, vers la sortie.

Gens (vraies)

Où trouver des vraies gens à Paris ?

Dans l'esprit du Parisien moderne, les vraies gens sont un groupe d'individus qui lit *Le Parisien* au bar, soutient le PSG, possède une voiture et occupe des emplois comme on en trouvait avant la nouvelle économie (industrie, bâtiment, petit commerce, réparation, etc.).

En outre, les vraies gens ne font pas de Vélib', ne mangent pas dans des néo-bistros et se plaignent fréquemment de la politique pro-piétonne de la Mairie. Rappelons enfin que les vraies gens sont nés à une époque où la Nuit Blanche et même Paris Plages n'existaient pas.

L'utilité des vraies gens

Les vraies gens sont les autochtones de la ville et constituent une sorte de tribu ancestrale que Paris maintient en son sein pour servir d'arrière-plan aux photos des touristes. En groupe, ils forment un décor agréable et rassurant, un arrière-paysage pittoresque dont la permanence est une preuve que Paris sera toujours Paris… De plus, bobos, membres de la hype, cadres dynamiques, artistes et consultants sont toujours heureux de trouver une adresse de plombier dans leur quartier en cas de fuite d'eau et ne rechignent pas à débourser mille euros quand leur porte d'entrée est fracturée.

Où admirer des vraies gens ?

Les Parisiens doivent donc consentir à conserver quelques spécimens de vraies gens au sein même de la ville, dans des « réserves » où l'on peut les admirer gratuitement.

Très mobiles, les vraies gens ont comme caractéristique principale de travailler ou d'évoluer à Paris sans y résider (voir « Banlieue », p. 27, et « Province », p. 173), ce qui rend leur traque compliquée et, souvent, épuisante. On peut néanmoins les observer et – pour les plus chanceux – les photographier dans les lieux suivants :

★ **Dans les marchés** : ceux de la rue d'Aligre ou de la rue du Poteau sont réputés. Évitez par contre le marché bio des Batignolles et celui du boulevard Raspail, vous y perdrez votre temps.

★ **Dans certains cafés** de la rue des Pyrénées.

★ **Dans certaines brasseries d'angle** ou de grandes places parisiennes (République, place d'Italie, place Denfert-Rochereau).

★ **À la Goutte d'Or** si vous souhaitez voir des vraies gens d'origine africaine.

★ **Dans les taxis** (les vraies gens sont souvent chauffeurs de taxi).

★ **En banlieue** et, de plus en plus, en province, à mesure que la banlieue grignote les espaces populaires et repousse les vraies gens au-delà des frontières franciliennes.

Notons que la « bobolandisation » (voir p. 43) menace perpétuellement l'équilibre de l'écosystème de ces réserves.

Il est fortement déconseillé de nourrir des vraies gens avec un milk shake pop-corn-curry acheté dans un néo-snack, car vous risqueriez de leur donner des troubles intestinaux graves.

Gueule

Faut-il vraiment faire la gueule en permanence à Paris ?

Oui. C'est même la première chose à faire en sortant de la gare de Lyon (du Nord, etc.).

Lors de votre arrivée à Paris, vous vous êtes probablement demandé pourquoi les Parisiens (et surtout les Parisiennes) avaient tendance à faire la gueule. Votre réaction est tout à fait normale. C'est même une des réactions les plus communes de surprise chez le néo-Parisien. Car comment auriez-vous pu deviner que sourire à un Parisien était une marque d'irrespect, quasiment une insulte ?

Entièrement préoccupé par lui-même à toute heure de la journée, le Parisien n'a pas besoin d'être exposé aux marques de bonheur qui s'impriment sur un visage béat. Il n'éprouve que mépris pour votre joie de vivre. Une excessive bonne humeur risque de le mettre mal à l'aise. Il la jugera déplacée, sinon suspecte. Ayez toujours à l'esprit que le sourire est une intrusion vulgaire, à la limite de l'obscène, dans la sphère d'intimité du Parisien.

Visiteur, touriste, nouvel arrivant... VOUS
DEVEZ DÈS À PRÉSENT CESSER DE SOURIRE
jusqu'à votre départ de Paris (dans certains
cas, cela peut durer plusieurs années). Si
vous êtes dans un restaurant ou dans un café
parisiens, cessez immédiatement de sourire
au serveur, il vous méprisera peut-être un
peu moins.

Précisions utiles à l'usage
des lecteurs masculins

Sachez que, si le Parisien fait la gueule ou se contente
parfois de ne pas sourire, la Parisienne fait plus volontiers la moue. Plus précisément, elle excelle dans l'art
de la moue nonchalante exprimant son indifférence
suprême quant à la vacuité des projets de l'humanité.
(Se reporter à l'article « Actrice parisienne », p. 15,
pour mieux comprendre les racines culturelles de
l'arrogance parisienne.)

Il nous faut, à ce stade de la réflexion, introduire
une notion très importante pour bien comprendre
les déterminants du comportement de la Parisienne.
Celle-ci ne prête allégeance qu'à un type très précis
de doctrine, dont personne ne peut revendiquer la
paternité, mais dont le fameux *Manuel du défilé Dior
pour mannequin estonien de 15 à 20 ans* ou les cou-
vertures de *Numéro* ont bien résumé les principes clés.
Or ces ouvrages instructifs stipulent plus ou moins

explicitement que tout sourire consenti au public lors d'un passage sur le podium équivaut à une marque de vulgarité ou de bonne humeur (ce qui revient au même). L'aspirant mannequin ou actrice, qui est la seule personne à laquelle une Parisienne accepte de se comparer, devra donc systématiquement réprimer toute envie, subite ou réfléchie, de sourire dans le cadre de ses activités.

Que faut-il penser si une Parisienne sourit malgré tout ?

Si vous êtes un homme, sachez qu'une Parisienne qui vous sourit est probablement nymphomane, bourrée de psychotropes et d'anxiolytiques ou, plus probablement, étrangère (voir « Américains », p. 23). Comme dans bien des situations, vous allez devoir vous accommoder de cette nouvelle donne (ne pas sourire) sans vraiment en comprendre les raisons profondes. L'essentiel pour vous est à présent de vous fondre dans la population locale et pour cela de feindre l'ennui et l'indifférence en toute situation. Pour vous y aider, un détour par un vernissage (voir p. 108) dans une galerie d'art contemporain en plein Marais ou dans une soirée hype (voir p. 118) est fortement conseillé.

Hype

Comment distinguer
un parisien branché
d'un vrai bûcheron québécois ?

Fréquenter la hype parisienne est toujours une expérience haute en couleur pour le néo-Parisien en quête
d'observation ethnologique in situ. Un peu comme
certaines castes de sorciers ou de guérisseurs dans les
sociétés traditionnelles, être largement minoritaire
numériquement n'empêche pas la hype parisienne de
disposer d'un fort pouvoir symbolique. Tendances,
modes et concepts doivent passer par un rituel de
validation très opaque pour espérer trouver grâce
aux yeux des Parisiens, avant peut-être de devenir
un néologisme en « -ing », stade ultime de reconnaissance (voir la définition du suffixe « -ing » à l'article
« Parisianismes », p. 163, et les exemples de néo-trucs
en « -ing » à l'article « Bermuda », p. 35).

Que fait-elle ?

La hype se retrouve à partir de l'apéro et jusque tard
dans la nuit, car le jour elle dort. Plus rarement,
lorsqu'elle est issue d'une famille désargentée, elle
travaille, c'est-à-dire qu'elle passe du temps dans la
rédaction d'un magazine de mode ou l'open-space
d'un cabinet de tendances. Le potentiel économique
de la hype réside tout entier dans cette capacité quasi-
surnaturelle à créer de la valeur marchande à partir
de rien, bien que ses représentants vous diront plutôt

qu'ils sont producteurs et médiateurs de signes, si par bonheur ils ont lu Roland Barthes quand ils étaient à la fac.

À quoi ressemble la hype ?

De loin, la hype ressemble à tout le monde. Ou, plus exactement, elle recycle ironiquement l'accoutrement de monsieur tout le monde. Faute d'être attentif, vous pourriez croiser des membres éminents de la hype sans même vous en rendre compte. Vous pourriez ainsi vous croire face à un ringard du fin fond de la Picardie ou à un bûcheron québécois de Trois-Rivières – chemise à carreaux et barbe fournie obligent – sans comprendre que vous discutez avec l'organisateur de la recycling-party Facebook la plus branchée du moment, qui s'habille comme un plouc de manière ironique…

Astuce pour ne pas vous tromper : si le suspect se trouve dans le Xe arrondissement, a un petit corps chétif, porte un MacBook sous le bras et exerce le même métier que les gens des pubs The Kooples, c'est un jeune branché. S'il porte une tronçonneuse et travaille au fin fond du Saskatchewan, c'est un bûcheron canadien.

UNE VARIANTE JEUNE : LE HIPSTER

À en croire la presse magazine, toujours friande de tendances avec des nouveaux mots, le hipster a remplacé depuis quelques années ses prédécesseurs branchés, tout en mettant les bobos au tapis et en supplantant les métrosexuels. La faute aux nouvelles technologies (Twitter, Tumblr, iPad, iPhone, et tous les mots qui commencent en « i- ») qui, amalgamées à la vanité de la culture mondaine parisienne, ont donné naissance à un odieux phénomène juvénile : le fameux hipster.

Sorte de branché fourni en kit, il est produit en série dans les écoles de graphisme, la mode et les médias alternatifs, et représente une forme de moyennisation de la hype et de démocratisation du snobisme dandy, ce qui n'est pas le moindre de ses paradoxes... Le hipster hait profondément le bobo, mais il faut garder à l'esprit qu'il partage avec ce dernier un complexe de blanc d'origine privilégiée qui veut paraître cool à tout prix.

ACTIVITÉS DE HIPSTER

★ Créer des loltoshop et les poster sur tumblr
★ Envoyer des twitpics Instagram de lui dans des endroits de hipsters (plages privées à Marseille, squats de Kreuzberg, néo-snack de bagels à Williamsburg, etc.)

★ Faire la gueule avec d'autres hipsters à bonnets dans des buffets open-bar agrémentés d'un accrochage visuel (lire notamment « Galerie », p. 108)
★ Jouer du synthé
★ Lire *Brain Magazine* et *Pitchfork*

Quelques indices pour repérer une fête hype

★ L'un des participants parle de Lana Del Rey, de Wes Anderson, de Sofia Coppola ou de Phoenix.

★ L'un des participants critique la nouvelle expo du Palais de Tokyo, la nouvelle déco du Baron ou le dernier concert de La Flèche d'Or.

★ L'un des participants porte une chemise à carreaux de bûcheron canadien et/ou une moustache et/ou une casquette de baseball à titre ironique.

★ Vous avez l'impression que la personne la plus laide de la soirée pourrait quand même postuler chez Elite Model Look.

★ Le DJ a mis en fond un remix de Jean-Michel Jarre dont vous ignoriez qu'il était de nouveau à la mode.

★ Vous n'avez pas réussi à entrer car vous n'étiez pas sur la liste.

LES LIEUX À RISQUES

Afin d'éviter ces lieux dangereux pour votre équilibre psychique, récupérez régulièrement les flyers déposés au Point Éphémère ou au Palais de Tokyo et lisez *Technikart* ou *Vice Magazine* pour être bien certain de connaître les lieux de soirée où les hypeux se donnent rendez-vous.

Attention : les lieux hype changent tout le temps, c'est même à cela qu'on les reconnaît. Cependant, quelques adresses ont su s'imposer sur le moyen terme, certaines pouvant même rester hype plusieurs années :

★ Le Point Éphémère (incontournable)
★ L'Hôtel Amour
★ Le Palais de Tokyo (un classique)
★ Le Baron (l'ancêtre des lieux hype, le snobisme ultime consistant à dire que l'on n'y va qu'en début de semaine)
★ Le NY Club
★ Le Scopitone
★ Le Rosa Bonheur
★ Le Chacha Club
★ Le Social Club
★ Le Silencio (David Lynch + club)
★ Le Truskel
★ La Flèche d'Or
★ La Perle (le temple de la tendance hype « mannequin anorexique du Marais »)
★ Le Mathis
★ Chez Moune
★ Certains squats d'artistes parisiens (voir « Squat », p. 196).

Inconnu

Faut-il parler à un inconnu dans la rue à Paris?

Non. Il n'y a que deux types de personnes qui peuvent être amenés à vous parler en pleine rue à Paris. Décrivons-les succinctement pour vous aider à les éconduire au mieux.

1. Les gens qui veulent vous prendre de l'argent

Passons rapidement sur le cas des mendiants bossus ou unijambistes, des SDF qui attendent au pied des distributeurs de billets (quel toupet!) comme des jeunes punks à chien traînant à la sortie de certaines stations de métro. Ceux-là se repèrent de loin et, au bout de quelques semaines de vie parisienne, vous devriez apprendre à les ignorer sans difficulté particulière.

Plus insistantes et insidieuses, les jeunes recrues des multiples ONG et associations philanthropiques savent habilement vous intercepter sur votre parcours, à l'aide d'une entrée en matière originale ou d'un sourire appuyé. Cela peut générer chez vous un soupçon d'empathie et vos quelques secondes d'hésitation seront prises par le jeune humanitariste comme un signe de votre générosité. À partir de ce moment, il sera déjà trop tard et vous en serez réduit à avancer de lamentables arguments pour justifier votre indifférence face à la situation des enfants du Darfour, à la souffrance du peuple palestinien, à la condamnation à mort des opposants chinois comme à la traque sans pitié dont sont victimes les phoques d'Alaska.

2. Les gens qui veulent vous prendre la tête

Ceux-là appartiennent à un genre un peu particulier de mendiant. Ils ne mendient en général pas d'argent mais simplement un peu de votre patience. Si vous avez la faiblesse d'accorder une attention distraite ou amusée à un bonimenteur du métro, vous serez de nouveau pris au piège... Ce sera probablement la première fois en dix ans qu'un Parisien s'arrête pour l'écouter : vous le mettrez en confiance et vous serez sans doute obligé de lui tendre de l'argent (qu'il feindra de refuser) pour vous en débarrasser.

Restez par ailleurs toujours vigilant aux abords des Halles, où pullulent les employés d'instituts de sondages bien décidés à vous interroger sur les crèmes exfoliantes, le temps moyen de votre trajet domicile-travail ou votre opinion en matière de moutarde en grains à l'ancienne.

NOTRE CONSEIL

Quel que soit le profil d'individu qui vous menace de sa convivialité intrusive, gardez les yeux rivés au sol et ne ralentissez jamais l'allure. Savoir bien faire la gueule reste la meilleure défense contre tout contact non souhaité à Paris. Les détails sont expliqués dans l'article « Gueule » de ce mode d'emploi (p. 114).

(néo-)Industrialo-bistro

Comment repérer
un néo-industrialo-bistro
ou un restaurant-musée
de l'Est parisien ?

De même qu'à la campagne les touristes visitent volontiers des éco-musées créés dans l'espoir de conserver le souvenir des labours ou des mines d'antan, les bobos ont pour habitude de se rencontrer dans des restos surfant sur la nostalgie du patrimoine ouvrier de l'Est parisien. Fidèlement reconstitués selon les canons de l'époque, ces industrialo-restos manquent cependant de clients ouvriers, travailleurs manuels ou employés de bureau. La clientèle de ces bistros est essentiellement composée des trois types d'individus qui peuplent l'Est parisien : les free-lances (designers, graphistes, webmasters, photojournalistes, etc.), les intermittents du spectacle et les bobos (qui englobent tous les autres : cadres de la publicité, attachées de presse, éditeurs de BD, consultants en développement durable, etc.). Voici quelques indices pour reconnaître à coup sûr un néo-industrialo-bistro.

1. La progéniture des clients court autour de l'établissement, sous l'œil ravi de ses parents

Cette éducation libre – gage d'épanouissement futur de l'enfant et source de nuisance maximale pour ceux qui ont juste envie d'un peu de calme pour avaler leurs ravioles en paix – est caractéristique (en plus de leurs vêtements bohémiens-vintage) des enfants sauvages d'Oberkampf ou de la place Sainte-Marthe.

2. L'enseigne un peu passée arbore un nom popu

Le nom doit être lié au champ sémantique du monde ouvrier et donner si possible une précision géographique emblématique du prolétariat parisien : La Remise de Charonne, La Verrerie de Ménilmuche, La Coop' de Montmartre…

Parfois, on se contentera de donner au restaurant le nom du lieu qu'il a remplacé : L'Entrepôt, La Scierie d'en face, Le Zinc du Passage, La Cantine populaire, etc. Ne pas oublier les prénoms de grand-père ou d'arrière-grand-tante pour maximiser l'effet vintage : Chez Martine, Chez Prosper… (Voir aussi la définition de « vintage » à l'article « Parisianismes », p. 163).

3. Il y a des « mots du patron » partout

Le patron bobo du restaurant, cadre dans la publicité ou journaliste reconverti dans l'hôtellerie, aime écrire un mot de bienvenue ou un message à l'adresse de ses clients. Pour une raison inconnue, le patron utilise dans son message la forme indéfinie « on ».

Quelques messages typiques de resto-musée : « On y est bien, on y mange bien », « On ne sort pas avec son verre », « Ici, on parle avec son voisin ».

4. Sur le tableau-ardoise, plébiscité au détriment de la carte, vous trouverez...

Peu de plats élaborés, plutôt des classiques (mais réinterprétés ou revisités, évidemment). Ainsi, le magret de canard est souvent cuisiné à la confiture, le curry est « multicolore », le gâteau au chocolat est « façon mémé » ou « comme chez ma grand-mère ». Enfin, tout néo-industrialo-bistro servira des « planchas » (rien à voir avec le plat espagnol), sortes de planches de bois surmontées de charcuteries et de fromages. Dans sa version ultime, on y trouvera de la purée-jambon pata negra à 19 euros.

5. Les indices déco

Loin des Costes, des Flunch et des restos basiques, le néo-industrialo-bistro a adopté des codes très caractéristiques :

★ Les tables et les chaises ont souvent été chinées dans une ancienne école de campagne, les assiettes peuvent et doivent être dépareillées pour retrouver le charme du « comme à la maison ».

★ Les matières authentiques (bois, fer et zinc) sont privilégiées. Pas question de plastique ou de simili-truc.

★ L'enseigne d'époque, les pubs rétro encadrées (Petit Lu, Compagnie des wagons-lits, Compagnie du chemin de fer Paris-Orléans, etc.) s'intègrent à la nostalgie ambiante du lieu.

★ Le papier peint souvent « kitsch » apportera sa petite touche contemporaine, ultime clin d'œil complice entre gens de bon goût.

LES LIEUX À RISQUE

Bastille
République et canal Saint-Martin
Oberkampf et Ménilmontant
Gambetta et Jourdain
Jules-Joffrin et Lamarck-Caulaincourt

iPod

Comment créer une playlist d'iPod culturellement correcte en milieu parisien ?

Détenteur d'un iPod, vous devez en permanence vous considérer comme un DJ en disponibilité immédiate. À tout moment, un autre Parisien peut venir solliciter votre culture musicale et vous proposer de brancher votre iPod sur une source informatique, dans l'objectif de « designer l'espace sonore » du lieu où vous vous trouvez (restaurant, musée, piscine, médiathèque, patinoire, vernissage, etc.).

La musique offrant à l'habitant de la capitale d'innombrables et précieuses occasions de se la jouer et de montrer son éclectisme culturel, il convient de garnir votre iPod de « bonne » musique. Or la « bonne » musique doit remplir plusieurs conditions :

1. Ne choisissez jamais de musique *mainstream*

La musique *mainstream* est la musique qui passe à la radio, qui est vendue à la Fnac et que les vraies gens (voir p. 111) connaissent : c'est vulgaire. Le Parisien est un fin connaisseur de labels indépendants (dites « indés ») et ne déteste rien tant que la musique trop populaire. Il n'aime que la musique « pointue », qu'il se procure sur Internet ou dans des boutiques dédiées aux groupes norvégiens avec des « O » percés dans leurs noms, par ailleurs imprononçables.

Il faut donc rester particulièrement vigilant et, si possible, réactualiser ses sources chaque mois. C'est pourquoi nous ne saurions trop vous conseiller de disposer de la collection complète des compilations *NovaTunes*, source autorisée à laquelle vous référer en cas de doute sur l'acceptabilité de tel ou tel artiste en milieu parisien. Nova étant par ailleurs une radio à laquelle le Parisien voue une véritable vénération. Quelques labels (Ed Bauger, Kitsuné, Warp, Ninja Tunes) constituent eux aussi des certifications de bonne musique parisienne.

Exception : vous pouvez à la rigueur proposer une musique très populaire et dansante, à la condition expresse que vous le fassiez « au second degré » : Lady Gaga, Britney Spears, voire Usher, pourraient ainsi constituer des choix acceptables en de très rares occasions.

2. Apprêtez-vous à brûler ce que vous avez adoré

L'espérance de vie parisienne d'un groupe de musique ne dépasse en général pas les trois mois.

Ne vous attachez pas trop à un groupe en particulier, car il vous faudra sans doute l'abandonner quand il deviendra trop populaire (tout en expliquant, voire en prouvant, que vous l'aviez repéré de longue date). S'il ne devient jamais célèbre, vous passerez pour un con et vous devrez partir en quête d'un nouveau groupe confidentiel dans l'espoir d'être cette fois mieux inspiré.

3. Montrez ensuite que vous suivez scrupuleusement l'actualité musicale

Préférez un bootleg, un remix surprenant ou une *cover* décalée à la chanson d'origine – je ne m'arrête pas sur ces termes, vous n'aviez qu'à lire l'article consacré aux difficultés linguistiques inhérentes aux flyers de soirées électro (voir p. 101).

Glissez par exemple un sample de Daft Punk réarrangé par un duo de jeunes DJs de Manchester ou, mieux, par une batucada brésilienne récemment programmée à la Cité de la Musique.

4. Mettez beaucoup de musique afro-américaine ou de rap français

Vous passerez ainsi pour un Parisien ouvert à la diversité ethnique et aux cultures d'expression urbaine. Ne négligez pas non plus la world music et tous ses dérivés exotiques (dancehall, ragga, trip-hop indonésien, afrobeat, etc.).

5. Enfin, niez connaître l'intégralité des titres de votre impressionnante playlist de MP3

Ce ne serait pas crédible. Dites simplement qu'un ami DJ à Amsterdam ou à Londres vous a récemment offert quelques mixtapes que vous avez religieusement enregistrées sur votre iPod, car vous savez reconnaître les gens qui ont du goût.

COMMENT BIEN PARLER D'UN GROUPE

En cas de doute sur la manière de définir vos goûts musicaux, inspirez-vous de ces modèles de phrases de critique musicale et remplissez les trous avec les mots-clé proposés.

Modèles de phrases

NOM-DU-GROUPE propose une pop ____ aux accents ____. Un sonwriting ____ qui bouleverse les frontières du GENRE-MUSICAL grâce aux apports ____ de son mix.

La prod ____ du dernier album de NOM-DU-GROUPE invite à un voyage ____ dans l'univers seventies.

Le nouveau line-up de NOM-DU-GROUPE fait le pari d'une électro ____ et ____ qui surprend par les phrasés d'une basse ____ et ____.

Adjectifs trouvés dans la presse musicale parisienne, à insérer dans les textes à trous ci-dessus pour composer votre discours musical parisien

Érudit	Extatique
Minéral	Pointu
Post-(rock/punk/électro/indus/disco/hip-hop/krautrock)	Hypnotique
	Luxuriant
Chamanique	Subliminal
Viriginal	Nerveux
Crépusculaire	Hybride
Paysager	Panoramique

Libertinage

Comment survivre
à une soirée libertine ?

Un Parisien qui ne pratique pas le libertinage est un Parisien inachevé. Nous savons que cet être fier et orgueilleux tire une grande partie de son prestige à l'étranger de sa réputation d'obsédé sexuel. Et que dire de la Parisienne, dont la seule évocation suffit à faire monter des bouffées de désir irrésistibles chez les Américains (dont certains traversent l'Atlantique, p. 23, dans le seul motif d'en rencontrer pour de vrai, même si leur déception est souvent à la mesure des espoirs qu'ils ont nourris).

Paris dispose de la plus forte concentration au monde de clubs libertins par habitant. Les multiples chapelles libertines et leurs règles très strictes de fonctionnement font ainsi l'objet de nombreux questionnements au cours d'une vie de Parisien : Faut-il apporter son casse-croûte lors d'un Goûter du Divin Marquis ? Le mélangisme est-il un échangisme soft ? Faut-il placer un préservatif sur un gode-ceinture ? Quel est le dress code adapté à une soirée « Vente aux esclaves » ? Voilà quelques questions qui paraissent aussi légitimes au Parisien que celles de savoir s'il doit remplacer son café en grains par des dosettes Nespresso, si le temps sera clément en Normandie lors de son prochain week-end ou s'il doit opter pour un massage shiatsu ou une séance de réflexologie plantaire dans son spa préféré...

COMMENT SE COMPORTER DANS UNE SOIRÉE LIBERTINE ?

Tout Parisien responsable se doit de fréquenter régulièrement les soirées libertines. Il peut même avoir sa « bonne adresse cul », sur le modèle des bons coins d'actrice (lire p. 15). Pour être certain(e) de vous comporter conformément à l'étiquette parisienne, gardez toujours votre fiche-conseil avec vous pour la consulter le moment venu.

• Peut-on garder son (ou sa) partenaire lors d'une soirée échangiste ?
Non. Vous seriez alors immédiatement considéré(e) comme un pratiquant du mélangisme, chapelle libertine très mal vue dans le milieu échangiste. Contentez-vous d'échanger poliment votre partenaire avec le couple qui vous conviendra.

• Peut-on s'aventurer dans le milieu SM tout en gardant sa tenue de chef de projet à la Défense ?
Oui. Les bars spécialisés se sont mis aux apéros after-work dans le but de satisfaire les amateurs de sexualité sadomasochiste et de discussions sur l'intégration du logiciel SAP.

• Doit-on inviter un client, un N+1 ou un collègue à un gang-bang ?

En général, la réponse est non. Cependant, il est possible que vous croisiez une personne de votre entourage dans un club échangiste ou une soirée fétichiste. Une invitation polie à participer aux ébats en cours sera dès lors appréciée.

• Peut-on participer à une soirée SM sans se faire mal ?

Oui. Les associations SM parisiennes proposent des réunions d'initiation lors desquelles les débutants peuvent découvrir le maniement de quelques outils courants : fouet, martinet, sangles... Ces réunions Tupperware sont connues sous le nom de « Munch » dans le milieu BDSM.

• À quoi ressemble une soirée fétichiste ?

Esthétiquement parlant, à une soirée parisienne banale, puisque le dress code stipule clairement que le noir est la seule couleur autorisée.

Remarque : vivre à Paris est une expérience masochiste de longue durée. Les pratiques de soumission et de souffrance s'intègrent ainsi idéalement au mode de vie quotidien dans la capitale, dont elles ne sont qu'un prolongement tout à fait logique.

Logement

Faut-il être assujetti à l'ISF pour louer une studette à Paris ?

Si la lutte pour la survie est à Paris un combat de tous les jours, c'est sur le front du logement que vous mènerez vos batailles les plus sanglantes. La recherche d'appartement à Paris est une guerre pour laquelle il n'existe pas de convention de Genève.

En marge des agences immobilières parisiennes s'est depuis longtemps instaurée une jungle de la location parallèle, la location de particulier à particulier de sinistre réputation.

Nous allons entreprendre une expérience psychologique traumatisante. Tel un profiler du FBI, nous allons nous mettre dans la peau d'un propriétaire annonceur dans le journal *De particulier à particulier*, organe de presse dont la sortie le jeudi matin est guettée avec anxiété par les chercheurs de logement et dont la simple évocation du sigle, PAP, suffit à glacer le sang des Parisiens qui ont survécu à l'enfer d'une visite collective de 70 personnes un samedi entre 15 et 17 heures.

Pour la première fois, nous rendons public le portrait type d'un bon locataire selon le propriétaire moyen.

1. Âge

Le locataire n'est ni jeune (car fauché), ni vieux (car retraité, peut-être même bientôt mort). Il a donc idéalement l'âge français moyen, soit 42,3 ans.

2. Situation familiale

Le locataire n'est ni célibataire (problèmes de stabilité, risques de soirées bruyantes), ni en famille (nuisances sonores liées aux enfants). Il est donc idéalement en couple et sans enfant.

3. Revenus

Le locataire doit gagner 4 ou 5 fois le loyer proposé. Exemple : Pour un loyer de 1 200 euros mensuels, le locataire devra gagner au minimum 4 800 euros nets. C'est pourquoi il a intérêt à être au moins deux.

4. Facilités de paiement

Le locataire dispose d'une carte de crédit haut de gamme lui permettant de payer cash, dans les cas ultimes, 3 mois de loyer et 2 mois de caution.

5. Statut professionnel

Parce que le climat économique change comme la météo, le locataire idéal devra être fonctionnaire.

Récapitulons :

Le locataire idéal est un couple dont l'homme a 38,8 ans et la femme 42,25 ans (calcul : espérance de vie divisée par deux). Le couple est haut fonctionnaire et client grand compte d'une banque privée parisienne.

EXEMPLES DE PIÈCES À FOURNIR POUR UN DOSSIER DE LOCATION

★ Un arbre généalogique remontant au minimum à trois générations
★ Les originaux de vos 350 dernières feuilles de salaire
★ Le relevé d'impôt sur la fortune et l'acte d'achat d'au moins un château classé monument historique de vos deux parents et d'au moins trois grands-parents
★ Un casier judiciaire (vierge)
★ Une enquête de moralité et de voisinage effectuée par les Renseignements généraux
★ Une lettre de motivation stipulant les raisons pour lesquelles vous pensez être en mesure de mériter le logement mis en location (voir page suivante).

LETTRE DE MOTIVATION
ADRESSÉE À UN PROPRIÉTAIRE

En vous inspirant du modèle ci-dessous, rédigez une lettre de motivation destinée à un propriétaire parisien.

« Monsieur le propriétaire,
Madame la propriétaire,

M'étant récemment installé à Paris pour des raisons professionnelles, je réside pour l'instant dans la cave de mon cousin Maxime, qui a eu l'extrême générosité de me dépanner le temps que je trouve un logement.

Aussi, je me permets de solliciter une infime parcelle de votre très précieux temps pour vous implorer d'avoir l'extrême bonté de tolérer ma misérable présence dans les murs que vous louez, moyennant un loyer de 873 euros + charges, dont je serai bien évidemment ravi d'avancer les 45 premières mensualités. Votre studette de 13 m² située au huitième étage sans ascenseur est en effet idéalement située à la porte de la Chapelle et la présence de toilettes sur le palier honore votre souci sincère d'offrir à vos locataires une hygiène digne du meilleur standing.

Enfin, la présence d'une kitchenette de 0,3 m² et d'un réchaud à gaz a achevé de me convaincre de la qualité de l'aménagement de votre ~~cage à lapins~~ pied-à-terre de charme.

Votre entièrement dévoué et infiniment reconnaissant,
Ajoutez votre nom ICI. »

Métier

Quels métiers faut-il exercer à Paris ?

Comme tout être humain, le Parisien travaille. Parmi les raisons qui le poussent à exercer une activité professionnelle, citons notamment :

★ engloutir les deux tiers de son salaire dans son loyer ou le remboursement de son crédit immobilier ;

★ payer ses cours particuliers d'urban training, d'aqua punching ou de gym Pilates ;

★ dépenser son argent dans des boutiques de mobilier vintage le week-end ;

★ renouveler sa garde-robe tous les deux mois ;

★ effectuer de courts séjours dans d'autres capitales aussi chères que la sienne ;

★ et, bien sûr, pouvoir se rendre dans les innombrables ventes privées, expos photo, ateliers-cocktails, soirées électro ou cours de cuisine asiatique qui remplissent chaque minute de son temps libre.

On voit combien le travail est important pour le Parisien : son mode de vie en dépend. Mais, s'il peut exercer des emplois divers, il est souvent difficile de comprendre à quoi il occupe concrètement ses journées.

Voici quelques exemples caractéristiques d'emplois obscurs pratiqués dans la capitale.

Exemples de « job-descriptions »

★ « Mon entreprise est leader sur le développement des progiciels de gestion des flux informationnels internes et du knowledge management. »

★ « Je travaille à la mise en conformité des process intégrés des clients B to B de mon entreprise de conseil. »

★ « Je crée des mood-boards de tendance pour transmettre des pistes de création proactives au service design intégré. »

★ « J'optimise la gestion qualité des activités de développement durable de l'entreprise. »

★ « J'anime des communautés virtuelles de réseaux sociaux affinitaires dans le domaine du street marketing. »

★ « Nous maximisons la visibilité et les retombées presse de la gamme soft drinks d'un client américain. »

Où faut-il travailler à Paris ?

Le lieu de travail dépend avant tout du type d'emploi occupé.

Inconvénient : Impression de vivre dans un bureau en rentrant chez soi, si l'on réside dans un appartement haussmannien.

• L'open-space de banlieue

Souvent situé en banlieue nord (la Plaine Saint-Denis) ou ouest (Suresnes, la Défense, Puteaux, Rueil-Malmaison, etc.), l'open-space est un lieu dans lequel les Parisiens sont séparés par de fines parois dont dépassent leurs têtes.

Avantage : Il n'y a pas vraiment d'avantage à travailler dans un open-space.

Inconvénients : Nombreux. Difficulté d'accéder à ses e-mails personnels ou à des jeux en réseau, promiscuité des collègues, nécessité de descendre douze étages pour accéder à la cantine, etc.

Le free-lance

Le free-lance travaille dans un café Wi-Fi. Se reporter à l'article consacré (voir p. 104) pour mieux connaître la vie du free-lance parisien.

Le « créa »

Nous le savons, le Parisien est créatif et exerce souvent ses talents dans une agence de design, d'architecture, de graphisme ou de communication qui ressemble plus à un showroom qu'à un bureau classique. L'agence est souvent située dans un loft, elle dispose d'une salle de réunion vitrée, d'une machine à café à dosettes, d'un bar américain, d'un baby-foot, d'une piscine couverte, d'une salle de jeux vidéo et parfois même d'espaces de travail équipés en ordinateurs Apple.

Le Parisien de bureau

Quand il n'est pas infographiste, photographe, paysagiste, webmaster, créateur de mode, journaliste, designer ou architecte, le Parisien travaille dans un bureau. On dit alors qu'il est consultant, chef de projet ou, au minimum, chargé de quelque chose. Le Parisien de bureau est voué à travailler dans deux types d'espaces : le bureau haussmannien ou l'open-space. Voyons quels sont les avantages et inconvénients de chaque situation.

• Le bureau haussmannien intra muros
L'appartement haussmannien transformé en bureau est le lieu dans lequel le Parisien aime le plus travailler. La simple évocation du baron Haussmann ou du style « PMC » (parquet-moulures-cheminée) suffit en général à provoquer une extase.
Avantage : Impression de travailler en appartement.

INVENTEZ VOTRE MÉTIER

Créez vous-même votre emploi de Parisien en mélangeant habilement les éléments proposés ci-dessous.

• Je travaille dans :
un cabinet de conseil / une agence de design / un cabinet d'archi / une structure polyvalente associative montée en coopérative / un label de rock indé / un concept store de gadgets japonais

• En tant que :
chef de projet / chef de pub / chef de stratégie / directeur de clientèle / responsable logistique / directeur financier / directeur juridique / directeur du service informatique / manager de la qualité / ingénieur conseil / créatif / directeur artistique

• Dans le but de :
maximiser l'efficacité des points de contact client / développer l'activité à l'international / manager l'appui technique en temps réel / coordonner la transversalité des process clients / impulser des actions de marketing relationnel / optimiser la démarche qualité / superviser la démarche créative multimédia.

Néo-chansonnier

Comment survivre à une soirée de néo-chansonniers ?

Si le DJ électro est la plaie des bars lounge de l'Ouest parisien, le néo-chansonnier sème la terreur sur ses terres, qui s'étendent de la butte Montmartre à la porte de Bagnolet. Curieux mélange de scout catholique et de fétichiste de Georges Brassens, le néo-chansonnier répand depuis des années ses « chansons à texte », sa néo-musette et ses groupes de fanfare dans les innombrables salles de spectacle, cafés-concerts et bars à thème qui consacrent son art.

Comment reconnaître un néo-chansonnier ?

Physiquement, le néo-chansonnier porte souvent un pull en laine à grosses mailles et un chapeau. Politiquement, le néo-chansonnier se rapproche du bobo (lire p. 43), quoique avec quelques nuances. Le premier est mélanchoniste alors que le second se contente de voter pour Europe Écologie-Les Verts, un choix moins conflictuel.

De quoi parle un néo-chansonnier dans ses chansons ?

Le plus souvent, de rien. Ou de son quotidien, ce qui revient à peu près au même. Équivalent musical de l'écrivain néoréaliste et du cinéaste de mœurs parisiennes, le néo-chansonnier parle de petites choses de la vie de tous les jours : les amours de son facteur ou de sa voisine, les soirées où il fait la fête, le croissant qu'il a acheté la veille, l'arrivée de l'automne, etc.

Le néo-chansonnier est en général traumatisé par son arrivée à Paris (car il est souvent d'origine provinciale), ce qui lui inspire plusieurs chansons, parfois un album entier. Les thèmes sont alors : critique de la rapidité des usagers du métro, nostalgie champêtre, rejet violent de la société de consommation et des « grands magasins ».

Comment éviter un concert de néo-chansonnier ?

C'est très simple. Le néo-chansonnier dispose d'une liste de mots assez limitée et très caractéristique pour annoncer ses spectacles. Si vous lisez les expressions « contes poétiques urbains » ou « tranches de vie » sur un flyer, une affiche ou un site Internet, vous venez de démasquer un néo-chansonnier.

Par ailleurs, le néo-chansonnier étoffe son répertoire de chansons d'amour de type « intimiste ». Méfiez-vous toujours de l'adjectif « intimiste » quand il qualifie la musique d'un chanteur.

Comment identifier une affiche de néo-chansonnier ?

Pour vous aider à éviter tout contact traumatisant avec de la néo-chanson parisienne, voici à présent deux exemples typiques de ce que vous risquez de lire sur les affiches annonçant un spectacle de néo-chansonnier, de fanfare balkanique ou de reggae-musette festive :

Les Gavroche

« Fanfarons amateurs de fanfare, les Gavroche arborent sur scène leur béret et leur salopette de gamins de Paris… Leurs textes poétiques sont dédiés aux passants, aux voisins, aux saltimbanques croisés ici ou là. Une atmosphère intimiste et généreuse qui émeut les petits et les grands. »

La Mère Michelle

« Jonglant avec les mots comme avec les instruments, La Mère Michelle vous plonge dans son univers cocasse de contes poétiques urbains, de mélodies intimistes et d'humour loufoque d'inspiration clownesque. »

L'AFFICHE DE FESTIVAL RÊVÉE DU NÉO-CHANSONNIER

Les Ogres de Barback
La Rue Ketanou
Java
Les Têtes Raides
Renan Luce
Les Fils de Teuhpu
Babylon Circus

LES LIEUX À RISQUES

★ Les Trois Baudets : lui-même néo-lieu rebâti sur le principe de son ancêtre populaire des années 50, ce complexe propose régulièrement de véritables orgies de néo-chanson française poétique, intimiste et engagée.

★ Les Trois Chapeaux : si vous avez bien lu la notice ci-dessus, le seul nom de ce bar devrait vous mettre en garde.

★ La Bellevilloise : l'endroit fait également office de QG pour activités bobos (livraisons de paniers bio, festivals de world music, week-ends de créateurs éco-responsables ou post-design...).

★ Le Limonaire : pour de la néo-chanson pure et dure.

★ L'Alimentation générale : antre de la mouvance pays de l'Est-musiques du monde de la néo-chanson française.

Remarque importante : les néo-industrialo-bistros pour bobos (voir p. 127) fournissent souvent des tribunes libres aux néo-chansonniers.

Néo-intello

Comment ~~être~~ avoir l'air intelligent à Paris ?

La question n'est pas anecdotique. Paris concentrant de plus en plus de cadres et de professions intellectuelles supérieures, la ville doit sans cesse satisfaire la soif de culture inextinguible de ses habitants. Déjà obsédés par la mode vestimentaire et les activités avec un nom qui finit en « -ing », les Parisiens sont parallèlement engagés dans une course effrénée au savoir rentable. Rentable, car en général le but des activités culturelles et savantes des Parisiens est avant tout de pouvoir replacer une citation, un auteur ou un concept à la mode...

Les quelques conseils proposés ci-dessous devraient vous suffire pour vous fondre dans le milieu des néo-intellos ou, mieux, devenir l'un d'eux ! Ça ne vous rapportera pas des fortunes, mais vous y gagnerez le respect de vos concitoyens, l'admiration sans borne des lecteurs de magazines culturels et même quelques invitations à des vernissages et conférences bien fournis en victuailles.

Qu'est-ce qu'un néo-intello ?

Contrairement à l'écrivain germanopratin, dont BHL ou Philippe Sollers constituent des archétypes, le néo-intello est jeune et réside plus volontiers sur la Rive droite. Le néo-intello n'a que l'apparence de l'homme qui sait. En général, il ne sait pas grand-chose de plus que vous, mais il sait très bien l'argumenter. Inutile donc de trop vous fatiguer, de vous inscrire en thèse de littérature comparée ou d'entamer de laborieuses recherches dans un obscur laboratoire de sociologie urbaine de Nanterre… Pour épater vos amis parisiens, orientez-vous plutôt vers un métier de néo-intello : expert en pop philosophie, sexologue de magazines féminins, éditorialiste-bloggeur, psychanalyste de télé, essayiste ou chroniqueur polémiste multicartes. Vous pouvez aussi opter pour un institut de sondage, un cabinet d'études qualitatives ou un think-tank.

Look de néo-intello

Si le col mao, le velours côtelé et le structuralisme ont fait leurs preuves dans les années 60, de nos jours un trench-coat bien coupé et une maîtrise partielle des concepts de la postmodernité devraient vous assurer une ascension rapide. Le néo-intello parisien devant porter des lunettes rectangulaires, vous choisirez un modèle à verres non grossissants si par malchance votre vue est excellente. Entretenez régulièrement votre barbe de trois jours (voir « Free-lance », p. 104) et votre bronzage.

Que faut-il faire ? Que faut-il dire ?

Le néo-intello ne s'intéresse qu'à des sujets médiatique-ment porteurs et, si possible, rentables : les sexualités alternatives, la mode, les séries télé américaines, les réseaux sociaux en ligne font partie de ses principaux centres d'intérêt…
Citez fréquemment Foucault. Abusez de références à Sloterdijk ou, mieux, à Žižek. Ne vous inquiétez pas trop de la pertinence de vos propos, personne n'a

jamais lu ces auteurs qui eux-mêmes ont parfois eu du mal à se relire. Les néo-intellos passent trop de temps à boire dans des vernissages ou à acheter des fringues pour lire des auteurs chiants. Évoquez aussi les gender studies, mais n'en abusez pas. Vous pouvez parsemer vos discours de termes à la mode comme « *empowerment* », « domination symbolique » ou « réticulaire ».
Exemples de phrases de néo-intello :
« Les révolutions arabes sont les premiers cybermouvements politiques de l'ère hyper-médiatique réticulaire. »
« La rencontre sur Internet est avant tout le signe d'une liquidité de la sphère socio-tribale contemporaine en proie à une crise des grands récits. »

Quels lieux fréquenter ?

Pour rencontrer d'autres néo-intellos, traînez du côté de la cinémathèque de Bercy, du Forum des Images aux Halles, du Point Éphémère. Le néo-intello évite les bibliothèques, qui sont réservées aux vrais intellos. Il utilise en revanche abondamment Twitter, publie ses tribunes dans des magazines et organise des colloques transdisciplinaires sur les réseaux sociaux, de préférence dans le VIII\ :sup:`e` arrondissement. Engagé, il peut animer un site Internet de prospective sociétale ou occuper un poste à la cellule LGBT de la section PS du XI\ :sup:`e` arrondissement.
Le néo-intello se trouve fréquemment dans les quartiers de bobos, individus avec lesquels il partage un certain nombre de valeurs et qui constituent souvent son premier – et son seul – public.
Enfin, lisez *Intello Acamedy* de Corinne Maier pour parfaire votre culture de néo-intello.

Néo-snack

Comment survivre à un déjeuner dans un néo-snack parisien ?

Le néo-snack parisien est né en même temps que la mode du développement durable et la vague du fooding. Cette double filiation l'a vite imposé comme un des phénomènes gastronomiques parisiens les plus désarçonnants. Le néo-snack parisien est aujourd'hui un passage obligé pour les hordes de jeunes cadres et de jeunes cadrettes qui travaillent à Paris. Vous aurez donc du mal à l'éviter, au moins lors de vos premiers pas dans l'univers aussi foisonnant que déconcertant de la néo-gastronomie parisienne.

Le concept du néo-snack parisien (car évidemment il y a un « concept »), dont les principaux sous-genres sont le salad bar, le snack fooding, le bar à soupes, le juice bar et la néo-brasserie, repose sur la transformation du lieu de déjeuner en crèche pour enfants en bas âge.

L'idée générale sera de transformer votre pause-déjeuner en expérience plurisensorielle ou de proposer au « déjeunant » un éveil gustatif tout en respectant scrupuleusement les principes de l'éco-responsabilité et de l'approvisionnement en circuit court (lire notamment les principes du panier bio, p. 158). Bref, de noyer la consommation d'une innocente salade complète sous un océan de signaux culturels, de verbiage écolo et d'enrobage ludico-festif.

Voyons les caractéristiques principales d'un néo-snack :

Déco

★ Couleurs acidulées sur fond blanc épuré

★ Déco zen et design tout en arrondis

Messages et mode d'emploi

★ Messages débiles accrochés un peu partout (« J'assaisonne ma salade », « Ici, on mange bien », « Prenez le déjeuner du bon pied », « Et si on goûtait au milk-shake du jour ? »).

★ Modes d'emploi dans les lieux les plus infantilisants. Exemple : « 1. On commande, 2. On s'installe, 3. On se régale ! » Notez cependant que les messages des néo-snacks ne vont pas jusqu'à tutoyer leurs clients, ce qui permet de les différencier des messages uniquement destinés aux enfants de moins de 7 ans (comme le lapin de la RATP et son célèbre « Ne mets pas tes mains sur la porte : tu risques de te faire pincer très fort »).

Carte

★ Noms de menus et de plats incompréhensibles : « comfort food », « french quiching », « pain ultra sexy », « topping », « wraps »…

★ Bénéfices santé de chaque plat indiqués sur des étiquettes aux intitulés bizarres : « vitamin boost », « anti-oxydant », « ultra-digeste »…

★ Personnalisation du menu qui rend le Parisien ivre de bonheur. Exemple : « Choisissez votre topping pour personnaliser votre salade ! » (On voit bien que, dans un néo-snack, sélectionner son plat est un jeu. Encore un point commun entre le néo-snack et la première année de maternelle).

Si vous repérez au moins trois des éléments listés ci-dessus dans le lieu où vous envisagez de déjeuner, il s'agit probablement d'un néo-snack. Fuyez. S'il est déjà trop tard et/ou que vous êtes accompagné de Parisiens adeptes de néo-snacking, faites des choix de menu adaptés à la situation afin de passer inaperçu. Inspirez-vous du menu ci-dessous.

MENU TYPE D'UN DÉJEUNER DE NÉO-SNACK RÉGRESSIF À TENDANCE FOODING

Soupe épinards-châtaignes aux racines d'herbes des plaines d'Azerbaïdjan
Wrap à la sauce bio et compotée de saumon sauvage (riche en Omega 3)
Quinoa cru sans assaisonnement (gluten-free)
Yaourt 0 % au bifidus actif
Thé vert du Xinjiang

Panier bio

Faut-il acheter des paniers de cerfeuil tubéreux bio pour sauver les agriculteurs d'Île-de-France ?

La réponse est malheureusement : oui. Un peu comme quand il achète un T-shirt (voir p. 200), le Parisien en quête de légumes souhaite assouvir son besoin immatériel et quasi mystique d'une consommation pleine de sens, s'accordant harmonieusement à ses principes éthiques et culturels. Le Parisien est ainsi soucieux de connaître l'intégralité du processus de transformation à l'issue duquel son produit arrive dans l'assiette. Par exemple, il sera réticent à consommer un poisson surgelé à « fort impact environnemental ». Que l'alimentation bio et traditionnelle soit hors de prix et réservée aux salaires à cinq chiffres peut momentanément indisposer sa sensibilité de gauche. Mais, au terme d'un long et contradictoire examen de conscience, il jugera en définitive qu'il mérite naturellement ce qu'il y a de mieux.

Où observer des rencontres entre bio-Parisiens ?

Rien de tel pour séduire un Parisien que de lui présenter un vrai paysan de la vraie campagne pour l'inciter à acheter des légumes dont il ignorait jusqu'à la couleur ou dont il n'avait aperçu jusqu'à présent que des reproductions dans les natures mortes exposées au musée d'Orsay.

Ces rencontres entre bio-Parisiens, paysans et potagers ont lieu dans deux types d'endroits :

★ Les supermarchés et coopératives bio, où sont exposés des légumes de saison encore recouverts de terre.

★ Les AMAP (Associations pour le maintien d'une agriculture paysanne), qui relient directement producteur et consommateur, sans intermédiaire. Cette pratique parisienne est aussi connue sous le nom de « panier bio », puisque le principe consiste à repartir avec un panier garni de légumes bio fraîchement cueillis. Bien évidemment, l'engouement du bio-Parisien pour cette nouvelle forme de consommation a rapidement eu pour conséquence l'engorgement des lieux de vente, et des listes d'attente se sont depuis constituées, sur le principe des clubs branchés, des terrasses ou des aires de pique-nique les plus en vue de l'été.

EXEMPLE DE PANIER DE LÉGUMES BIO PARTICULIÈREMENT REPOUSSANT

★ 800 g de cerfeuil tubéreux ou bulbeux fraîchement sorti de terre
★ 1 botte de radis noirs
★ 500 g de céleri en branches
★ 1 kg de vitelottes (variété ancienne de pomme de terre à chair violette)
★ 1 batavia
★ 1 kg de panais (variété ancienne, plante herbacée bisannuelle à racine charnue)
★ 1 bouquet de fenouil

Comment se déroule une rencontre entre un Parisien et un cerfeuil tubéreux ?

La rencontre avec le légume bio est toujours un moment particulièrement émouvant pour l'observateur de passage, valant largement une visite des espèces rares au Jardin des Plantes.

Le Parisien vient tout d'abord avec son propre panier, qu'il a bien évidemment customisé, quand il ne s'agit pas d'un sac recyclable de sa marque de vêtements éthiques préférée. Habitué à acheter des légumes prédécoupés/précuits/précuisinés/préassaisonnés chez Picard, Monoprix ou Lafayette Gourmet, le Parisien se retrouve tout d'abord décontenancé quand on lui remplit son cabas de produits bruts : betteraves crues, racines de rutabaga ou batavia non rincée.

Les premiers temps de la rencontre entre le citadin moderne et la racine comestible sont donc difficiles… La conversion au légume bio à cuisiner soi-même pose d'importants problèmes de logistique. Évidemment, ni son emploi du temps de cadre ni sa culture gastronomique ne destinaient le Parisien à commencer sa préparation de soupes du potager aux alentours de 15 heures en semaine… Ne paniquons pas pour autant, puisqu'il va pouvoir acheter un recueil de cuisine paysanne de terroir, une marmite en fonte, un wok et un faitout au BHV et prendre des cours de gastronomie de légumes médiévaux pour parfaire sa nouvelle culture maraîchère. Il pourra enfin prendre trois jours de RTT par semaine pour cuisiner sa popote bio. Jusqu'à ce que la viande revienne en grâce dans les boutiques huppées, éclipsant pour un temps les produits végétaux, qui prendront à leur tour leur revanche quelques mois plus tard (voir l'encadré « Le retour de la viande, un cas d'étude », p. 38).

QUELQUES RAISONS D'ÉVITER LES PARISIENS ADEPTES DE PANIERS BIO

S'il s'agit d'un pratiquant assidu et de longue date, le Parisien qui vous propose d'aller chercher des bottes de radis noirs bio dans une AMAP vous emmènera un jour ou l'autre dans un bar de néo-chansonniers du XXe arrondissement (voir p. 148), s'il ne vous inscrit pas carrément au prochain conseil d'îlot urbain pour discuter de la végétalisation en cours de son quartier. Il est également à craindre que son chien ne rende régulièrement visite à un vétérinaire homéopathe.

Enfin, le Parisien extrémiste du bio accompagnera fréquemment son gratin de panais ou sa tarte de chou rouge d'un vin biodynamique, procédé biologique ésotérique prenant en compte les cycles de la lune et les positions relatives des constellations zodiacales lors de la culture du vignoble.

Parisianismes

Comment bien utiliser les termes les plus parisiens ?

Ces noms communs et adjectifs sont employés compulsivement dans la presse parisienne et les conversations mondaines. Leur maîtrise vous aidera à parfaire votre intégration dans les milieux parisianistes.

« -ing »

Suffixe qui, ajouté à tout terme anglo-saxon ou supposé tel, suscite instantanément et selon un procédé magique l'engouement du Parisien.

Exemples : fooding, dating, clubbing, cook dating, apéro-shopping, gaming, snacking, cocooning, urban training, happening, scrapbooking, glamping, aqua punching, peeling, etc.

Alternatif

Se dit de tout ce que le Parisien apprécie de connaître et d'aimer, tout en sachant que les autres ne le connaissent pas encore. Proche de « confidentiel » et de « pointu ». Phénomène voué à être détesté dès lors qu'il devient *mainstream*.

Arty

Qui se veut artistique ou revendique une créativité forte dans sa démarche.

Exemples : un mobilier arty, une garde-robe arty, des lunettes arty, un son arty, etc.

Bon plan
Adresse confidentielle
Coin secret

Se rapporte à toute nouveauté (néo-bistro, club électro, café-débat, péniche d'after-work, boutique de disques vinyle vintage d'occasion, etc.) située dans le quartier d'une rédactrice de mode parisienne.

Finger-food

Sortes de tapas servies en quantité moléculaire au prix d'un vrai plat.

Food in Shop

Concept qui consiste à proposer de la nourriture dans une boutique non alimentaire.

Exemple : « Cet espace Food in Shop VIP propose des assortiments pointus de finger-food. »

Green

Qui flatte la fibre écologique du Parisien.

1. Se dit d'un objet issu de matières recyclées ou selon un procédé respectueux de l'environnement.

Exemple : « Ces lampes design arty ont été fabriquées avec des puces d'ordinateur en fin de cycle, témoignant d'une réelle green attitude de la part des créateurs. »

2. Synonyme de bio

Exemple : une cantine green.

Kitsch

Signe de mauvais goût néanmoins toléré (voire souhaité) par le Parisien dans son logement ou ses boutiques favorites, au titre de l'amour du second degré.

Lounge

Désigne l'esthétique de tout bar ou restaurant qui n'est ni un néo-bistro ni un bar-tabac-PMU. Mode de décoration à la lumière tamisée et aux couleurs chaudes que l'on retrouve dans tous les types de boutiques parisiennes.

Exemples : une pharmacie lounge, un DailyMonop' lounge, une librairie lounge, une piscine d'hôtel lounge, une station de métro lounge, etc.

Pointu

Adjectif servant à désigner à peu près tout ce qui semble digne d'intérêt et doit rester connu de l'élite parisienne seule.

Exemples : musique électro pointue, expo pointue, livre illustré pour enfants pointu, sélection pointue de petits créateurs parisiens, etc.

Shop in Shop

« Corner » réservé à une marque ou à un concept dans un magasin qui vend autre chose. Équivalent du Food in Shop dans les domaines culturel ou textile.

Twitter

Outil de microblogging permettant à l'utilisateur (parisien) de donner la mesure de sa créativité à raison de 150 fois par jour.

Exemple : « Lucas et Anne-Charlotte ont live-twitté leurs impressions pendant la dernière flash mob arty portant sur la thématique du néo-kitsch. »

Vintage

Se dit d'une vieillerie remise au goût du jour par une boutique ou une marque parisiennes. Manière positive de qualifier le vieux. Proche de « kitsch ».

Exemples : un vélo vintage, une boîte vintage, un jean vintage, une Vespa vintage, un look vintage, etc.

People

Comment coucher
avec un people parisien ?

Si vous vivez à Paris, vous avez sans doute déjà
caressé l'idée de coucher avec une personne connue.
Votre désir est tout à fait légitime, car on croise
à Paris tellement de gens célèbres qu'on finit par
penser qu'ils peuvent devenir des partenaires sexuels
comme les autres. Les personnes connues, ou people,
se concentrent à Paris pour deux raisons : la proximité
des plateaux des chaînes de télévision et le voisinage
d'autres gens connus.

Malheureusement, vos rêves érotiques risquent fort de
se heurter aux lois implicites qui régissent les relations
sexuelles entre personnes connues. Ces dernières sont
destinées à coucher avec d'autres personnes connues,
un peu comme les membres des différentes castes en
Inde ne peuvent espérer trouver conjoint hors de leur
groupe d'appartenance…

Heureusement pour vous, Paris dispose d'un réservoir
à people si profond que certains spécimens pourront
éventuellement finir dans votre couche. Et d'ailleurs,
avec un peu de mauvaise foi, nous pouvons même
considérer qu'à Paris une personne sur trois est poten-
tiellement un semi-people : elle a au moins 800 amis
sur Facebook et 4 500 followers sur Twitter, et elle
est fréquemment invitée à des soirées de lancement
de produits ou à des ventes privées. Peut-être que
même vous, lecteur, vous êtes un people qui s'ignore ?

Typologie des people parisiens

Le nombre de followers que vous avez sur Twitter, votre rang global de e-réputation calculé sur Klout et le nombre de gens célèbres que vous fréquentez vous ouvrent droit à l'une ou plusieurs des catégories suivantes. Elles sont classées par ordre décroissant de prestige sexuel. Remarquez au passage qu'il y a à Paris autant de types de people que de parfums de macaron.

Star

Exemples : Marion Cotillard, Louise Bourgoin, Jean Dujardin
Personne connue même en dehors de Paris (province, étranger, etc.).

People « normal »

Exemples : Frédéric Beigbeder, Gad Elmaleh
Personne qui passe régulièrement à la télé et qui a fait au moins deux fois la une d'un magazine people.

People hype

Exemples : Christophe Honoré, André, Nadège (ou Pedro) Winter
Vous ne pourrez pas vraiment vous en vanter auprès du grand public, mais un Parisien bien informé saura reconnaître votre performance. Car le people hype est une personne qui n'est pas connue des vraies gens et ne passe pas à la télé, mais dont on parle dans *Technikart* et quelques soirées parisiennes. Il est artiste multisupport, DJ, organisateur de soirées, cuisinier fooding parisien ou acteur de film parisien (voir p. 52).

People fils ou fille de

Exemple : se reporter au générique d'un film d'auteur français

People qui n'est connu(e) que pour sa filiation avec une personne connue et en général un vague talent artistique (cinéma, groupe de rock, etc.).

People d'Internet

Exemple : se reporter au classement des personnalités sur Twitter
Un peu comme le people hype, le people d'Internet n'est pas vraiment connu en dehors d'un cercle d'initiés, eux-mêmes people d'Internet. Vous pouvez néanmoins twitter avoir couché avec l'un d'eux.

People d'extraction populaire

Exemples : Mickael Vendetta, Christophe Willem, Jenifer
Personne qui n'est passée à la télévision que dans le cadre d'un programme de téléréalité. Peut avoir fait la une d'un magazine trash ou people de second rang, mais reste plutôt cantonnée aux pages intérieures.

People professionnel

Exemple : Vincent Mc Doom
Personne dont la profession consiste à être connue (c'est-à-dire à être présente dans les cocktails parisiens, les festivals, les soirées tropéziennes, etc.).

People has been

Exemples : Aldo Maccione, Danièle Gilbert, Ève Angeli
Personne anciennement célèbre mais en perte de notoriété. Peut passer dans une émission de téléréalité dite « de dernière chance » comme La Ferme Célébrités, Miss France (membre du jury), Télématin (invité de fin d'émission) ou toute émission de talk-show sur une chaîne du câble ou de la TNT.

People local

Exemples : Antoine, Christiane, Martine

Le boucher, la pharmacienne, la serveuse de votre quartier. Simple mention ou article avec photo dans *Le Parisien* ou *La Gazette des commerçants* d'arrondissement.

Père-Lachaise

Comment accéder
au seul coin VIP parisien
sans videur à l'entrée ?

Bien que très supérieur aux groupes humains qui peuplent le reste du monde, le Parisien n'en est pas moins mortel : la mort et ses tracasseries administratives font partie des corvées qu'il doit malheureusement anticiper et, si possible, résoudre de son vivant. Très soucieux de son image, le Parisien ne se laissera pas jeter dans un vulgaire cimetière de banlieue ou de province. Son orgueil immense le poussera à se distinguer et il cherchera à obtenir ce qui se fait de mieux en la matière.

Et quoi de plus adapté, pour satisfaire son amour-propre, qu'un cimetière de stars ? Car oui, cher lecteur, Paris n'a pas que des concept stores, des néo-brasseries, des clubs lounge, des galeries d'art, des piscines privées et des jardins réservés à l'élite. La capitale a AUSSI son cimetière people : le Père-Lachaise. Un immense carré VIP posthume où les gens importants peuvent reposer pour l'éternité loin du tumulte du reste du monde.

Être enterré au cimetière du Père-Lachaise est donc une consécration pour tout Parisien qui se respecte. Même certains artistes en mal de reconnaissance comme Jim Morrison se sont débrouillés pour mourir d'overdose à Paris dans le seul but d'y obtenir une place.

Malheureusement pour vous, la loi française a aboli en 1790 toute distinction des citoyens dans la mort.

Ainsi, la détestable recherche aristocratique de distinction du Parisien se confronte à la terrible ambition d'égalité de la République… Et comme il n'y a pas de videur au Père-Lachaise, il est inutile de chercher à devenir pote avec lui. Il faudra donc faire la queue, comme tout le monde.

EN RÉSUMÉ : QUE FAIRE ?

La solution qui s'offre à vous : s'arranger pour mourir à Paris, ce qui ouvre droit à un enterrement sur place en fonction des disponibilités (en nombre très limité) du moment. Un snobisme qui a permis à Jim Morrison de jouir d'une sépulture dans le prestigieux cimetière parisien. Si vous avez le mauvais goût de mourir en province, assurez-vous au moins d'être domicilié à Paris au moment du décès, ce qui vous laissera une maigre chance d'atterrir – si je puis dire – au prestigieux cimetière. Eh oui, à Paris, se distinguer est un art subtil, même dans la mort.

Province

Comment bien parler
de la province
avec d'autres Parisiens ?

Il est mal vu de venir de province.

Si c'est votre cas, la lecture attentive de *Paris, mode d'emploi* peut vous aider à progresser vers un niveau d'évolution humaine plus en accord avec la civilisation. Certains Parisiens ouverts d'esprit et progressistes vous affirmeront que votre origine provinciale n'est pas une tare : gardez à l'esprit qu'ils n'en pensent pas un mot.

Si vous êtes né parisien (et que vous pouvez le prouver par votre extrait d'acte de naissance, votre incapacité à placer deux régions françaises sur une carte ou l'absence de permis de conduire), cet article va vous permettre de réviser vos fondamentaux.

N'hésitez jamais à parler de la province comme si vous relatiez votre dernier voyage d'observation ethnographique chez les Baruyas de Papouasie-Nouvelle-Guinée. Les mœurs, les habitudes alimentaires, les croyances animistes ou les rituels d'accouplement peuvent ainsi s'intégrer à votre description culturelle. L'idée étant d'être à la fois compréhensif, respectueux et terriblement condescendant.

Guide de conversation
pour aborder la province
*(choisir pour chaque exemple
la proposition la plus adaptée
à la situation)*

Exemple 1

« J'adore la province / la campagne / La Baule / Avignon /
le bassin d'Arcachon / le Luberon / le Perche / le Gers /
la Bretagne / la « Côte » car les gens y sont tellement
simples / tellement accessibles / tellement naturels. »

Remarque : pour parler de la banlieue, remplacez simplement
les territoires cités ci-dessus par la commune concernée (comme
Rueil-Malmaison, La Garenne-Colombes, Boulogne-Billancourt,
Choisy-le-Roi, Noisy-le-Grand, etc.). Insistez le cas échéant sur
le caractère périlleux de certaines promenades en zones périphériques et relisez l'article « Banlieue », p. 27.

Exemple 2

« En province, les gens prennent le temps / s'occupent de
leur potager / élèvent leurs enfants / conduisent en état
d'ivresse / se couchent tôt / se rendent en soirée disco le
samedi soir / pratiquent le bowling au premier degré. »

Remarque : notons que, depuis plusieurs années, l'étiquette
politiquement correcte encourage vivement l'emploi du terme
« région » pour désigner la province.
Formulez des jugements très généraux sur le mode de vie tra-
ditionnel du provincial – ou plutôt du régional. Fustigez avec
assurance l'archaïsme régional et l'absence dramatique d'animations culturelles (hors période de festivals organisés par des
Parisiens) comme de happenings postmodernes.

Exemple 3

« Voyons, Anne-So, tu sais bien qu'en région il n'est pas facile de trouver des boîtes gay / des bars à sushis bio / des Fnac numériques / des cours d'urban training / des connexions Internet haut débit / des galeries de street art. »

Exemple 4

Enfin, vous pouvez, en de très rares occasions, affirmer avoir quelques attaches en région.

« Vous savez, j'ai moi-même un ami / un ancêtre / une vieille tante / un fournisseur / un client / un animal de compagnie qui vit en région. »

Ce qu'il ne faut pas faire

1. Si vous êtes vous-même d'origine provinciale, ne tentez pas le diable et évitez autant que faire se peut de fréquenter d'autres provinciaux, afin de ne pas entretenir votre accent. Si vous en croisez dans la rue, faites mine de ne pas les reconnaître.

2. Finissez-en également avec ces ridicules manies de paysan débarqué la veille par un train de marchandises : cessez d'aller voir les spectacles de cabaret parisien et les comédies musicales.

3. Ne donnez pas rendez-vous à quelqu'un à Saint-Michel ou à Montparnasse (pour votre gouverne, la tour Montparnasse forme à sa base une amande de 50 mètres sur 32, c'est donc un mauvais point de rendez-vous).

4. Enfin, cessez de sortir rue de Lappe à Bastille le samedi soir, ça n'est pas « sympa » et c'est rempli de banlieusards, qui ne sont aux yeux du Parisien qu'une sous-espèce particulièrement effrayante de provinciaux.

RATP

Quelle ligne de métro choisir pour réussir son « accident grave de voyageur » ?

Dans le jargon de la RATP, l'« accident grave de voyageur », qui survient plusieurs fois par semaine sur le réseau, désigne en général un suicide. Je ne détaillerai pas ici les raisons qui poussent tant de Parisiens à mettre fin à leurs jours, car elles sont innombrables et pour la plupart bien fondées. En cas d'indécision, la lecture attentive de *Paris, mode d'emploi* devrait venir à bout de vos ultimes réticences et vous aider à « sauter » le pas.

Choisir votre profil d'accident voyageur

Pour bien réussir votre accident grave de voyageur, lisez les quelques conseils ci-dessous et découvrez quel profil d'accident vous correspond le mieux.

1. Pour causer un maximum de dégâts, optez pour les grandes lignes centrales (lignes 4, 6, 3, 13), de préférence aux heures de pointe (entre 8 heures et 9 heures le matin, 18 heures et 19 h 30 le soir). Au moins 50 000 voyageurs auront alors une courte pensée agacée – sinon émue – pour vous. De plus, vous ferez baisser significativement le taux de régularité de la RATP. Mais le « top » en matière d'accident voyageur reste indéniablement de bloquer le réseau à la station centrale de Châtelet-Les Halles.

2. Pour un accident voyageur d'une efficacité maximale, préférez le RER qui, plus rapide et plus solide, vous épargnera sans doute une longue et douloureuse agonie.

3. Pour donner une dimension politique à votre accident voyageur... profitez de votre geste pour envoyer un message de protestation sociale. Optez alors pour un tronçon particulièrement bourgeois du métro parisien : je vous conseille tout particulièrement les parties ouest des lignes 9 (à partir de la station Saint-Augustin) et 3 (à partir de la station Europe), ou encore les dernières stations de la ligne 1, entre la Défense et les Sablons (Neuilly).

ATTENTION !
QUELQUES PIÈGES À ÉVITER

Méfiez-vous des petites lignes (ligne 7 *bis*) comme des lignes trop lentes (ligne 2) : vous pourriez être repéré avant le choc fatidique. La ligne 14, entièrement automatisée et fort rapide, serait parfaite si elle n'était munie de portes palières empêchant les suicidaires de se jeter sur la voie à l'approche du métro. C'est également le cas de la ligne 1.

Enfin, je vous déconseille d'opter pour une ligne TGV de la SNCF. Vous risqueriez de gêner inutilement d'innocents provinciaux qui n'aspirent qu'à rejoindre leur foyer après une dure journée de labeur. Les Parisiens vous ont suffisamment pourri la vie jusqu'à présent, rendez-leur la pareille dans la mesure du possible : restez focalisé sur le réseau RATP intra muros pour mener à bien votre accident voyageur.

RER

Faut-il appeler le RER
par son prénom ?

Si la vie métropolitaine est souvent déprimante, une poésie insoupçonnée se glisse parfois dans les lieux les plus improbables. Ainsi, les quais sordides des RER de banlieue sont égayés par les prénoms rigolos en quatre lettres que leur donnent amoureusement leurs géniteurs : SARA, GATA, PAUL, KEMA, ELBA, ELAO, ORSY, etc.

L'épidémie régressive parisienne s'est-elle répandue jusque dans le QG des ingénieurs des transports franciliens ? Non, je vous rassure. Si le RER a un prénom, c'est avant tout pour vous « aider » à trouver plus facilement quel train correspond à votre trajet. Les règles de syntaxe du RER étant fort complexes (et très peu connues), nous allons les découvrir ensemble à l'aide des petits jeux des pages suivantes.

DÉCOUVREZ LES RÈGLES DE SYNTAXE DU RER

Vous êtes fraîchement nommé directeur du développement régional du réseau RER sur la ligne E. Un projet de schéma directeur de la région Île-de-France prévoit le prolongement de la ligne E à l'ouest jusqu'à la gare de Mantes-la-Jolie. Le nouveau tracé prolongera le terminus actuel d'Haussmann-Saint-Lazare, passera par la Défense et plusieurs gares de petites villes jusqu'au terminus ouest de Mantes-la-Jolie.

Nouveau tracé : Mantes-la-Jolie – La Défense – Haussmann-Saint-Lazare – Chelles/Tournan.

Vous allez devoir prénommer les nouveaux RER en suivant ces consignes (rappelons que les RER existants ont été baptisés selon ces règles) :

1. La première lettre du prénom du nouveau RER sera celle du terminus.

2. La deuxième lettre correspondra au type de desserte : « O » pour omnibus, « A » pour omnibus seulement entre la Défense et Mantes-la-Jolie, « Y » pour direct entre la Défense et Mantes-la-Jolie.

3. La troisième lettre correspondra à la gare de départ : « D » pour la Défense, « M » pour

Mantes-la-Jolie, « T » pour Tournan, « C » pour Chelles.

4. La quatrième lettre correspondra à la branche desservie. La lettre « A » pour un train circulant sur le tronçon Villiers-Tournan, « Y » pour le tronçon allant vers le terminus de Chelles.

Exercice 1
Niveau : moyen

Saurez-vous retrouver le prénom du nouveau RER ?

Votre chef vous demande quel sera le prénom d'un RER au départ de Mantes-la-Jolie, omnibus jusqu'à la Défense, puis direct jusqu'à son terminus, la gare de Chelles ?

COMY
MAMY
PAPA
CAMY
DATA
DATY

Réponse : CAMY.

Exercice 2
Niveau : difficile

Aidez Jacques à se rendre à la gare de Mantes-la-Jolie.

Jacques, un Francilien, habite à cinq minutes à pied de la gare RER d'Ozoir-la-Ferrière, située sur le tronçon 1 (Villiers-Tournan) du RER E. Souhaitant profiter du nouveau tronçon pour se rendre à Mantes-la-Jolie, Jacques a besoin de votre aide pour savoir quel RER le conduira le plus rapidement au terminus. Quel train doit-il prendre ?

CAMY
MOMY
MOMA
MYTA
TATO

Réponse : MYTA.

Serveuses et barmen

Comment distinguer les différents types de serveurs parisiens ?

La mauvaise humeur et le dédain du serveur parisien sont légendaires, mais ce lieu commun masque des réalités plus contrastées. En effet, il n'existe pas un mais plusieurs types de serveurs parisiens. Apprenons à les distinguer au premier coup d'œil.

La serveuse frustrée

Ce type de serveuse pullule dans les bars branchés de l'Est parisien (canal Saint-Martin, bassin de la Villette, Buttes-Chaumont, Belleville, République, etc.). En général remarquablement belle, la serveuse frustrée est tout sauf serveuse : son vrai métier est actrice, scénariste ou réalisatrice. Elle peut parfois cumuler les fonctions, auquel cas elle ne manquera pas de fustiger cette manière bien française de mettre les gens dans des cases ou de leur coller des étiquettes… Il ne faut donc pas trop lui en vouloir si elle fait la gueule et passe devant vous comme si vous n'existiez pas. Gardez-vous de lui demander le moindre conseil œnologique ; dans le meilleur des cas elle haussera les épaules avec dédain. Ce n'est pas sa faute, elle n'a tout simplement pas appris. Et de plus, elle n'en a rien à foutre. Dans le pire des cas, la serveuse frustrée peut même exiger d'une tablée que tout le monde commande le même plat, histoire de gagner du temps en cuisine.

Le barman évitant

Ne comptez pas sur lui pour venir prendre la commande. Vous mourriez de soif avant d'avoir été servi. Le barman ne se déplace de son zinc sous aucun prétexte. C'est à vous de venir prendre vos boissons. Surtout, ne le dérangez pas inutilement et attendez qu'il ait fini de discuter avec sa copine accoudée au comptoir (prévoir parfois plus d'une demi-heure).

Quand il se trouve dans un bar branché, le serveur d'arrière-bar vous tutoie volontiers, ne vous regarde pas et, quand il est en forme, peut vous envoyer des éclats de glace pilée dans l'œil. Une manière très parisienne de fidéliser sa clientèle.

Le néo-buraliste asiatique

Devenu récemment propriétaire d'un bar-tabac-PMU, le néo-buraliste asiatique a toujours l'air d'avoir été transplanté par quelque procédé de retouche photo au premier plan d'une carte postale française des années 70. Toujours très aimable, souriant et rapide, il sert votre commande avant même que vous n'ayez eu le temps de choisir. Sa maîtrise du français se limite cependant aux marques de cigarettes, aux boissons alcoolisées et aux jeux de la Française des Jeux. Si vous êtes lecteur du *Parisien*, vous pourrez donc difficilement engager une discussion politique de comptoir avec lui.

Le serveur Costes body-buildé

Le style Costes (hôtel Costes, Le Marly, Le Georges) a imposé sa marque dans la restauration parisienne au point que le *Figaroscope* parlait en 2009 de « costisation » de la capitale ! Tel un *man in black* d'origine auvergnate, le serveur d'établissement Costes est habillé en noir des pieds à la tête. Il ressemble, au choix, à un méchant dans *James Bond* ou à un agent du FBI. S'il est posté à l'entrée, il porte souvent une oreillette qui ajoute au malaise que suscite sa tenue.

Le « vrai » serveur parisien

Gilet noir, tablier blanc, regard inquisiteur, le serveur de brasserie est le seul à avoir choisi la profession et à avoir bénéficié d'une véritable formation. Souvent désagréable mais doté d'un humour subtil, il est toujours prompt à réduire la distance sociale qui vous sépare de lui par quelque remarque grivoise. Le vrai serveur est en général aussi mal aimable que redoutablement efficace. Il va de soi qu'il déteste tous les autres types de serveurs précités.

Sex-toy

Faut-il offrir des sex-toys
à une Parisienne ?

Il est temps, lecteur, de nous pencher sur une terrible injustice dont sont victimes les hommes dans cette capitale sans pitié que je m'efforce de vous faire détester un peu plus au fil des pages de ce mode d'emploi. Vous pensez qu'il est bon pour un homme de ne pas fréquenter de sex-shop ou, à tout le moins, de ne pas le faire savoir ? Vous avez raison. Mais ce que vous ignorez encore, c'est qu'une Parisienne a en revanche le droit, et même le DEVOIR, de fré-quenter un sex-shop. Plus exactement, la Parisienne ne se rend pas dans un bouge de Pigalle mais dans un néo-sex-shop, aussi appelé « boutique de sex-toys » ou « Love boutique ».

Qu'est-ce qu'un sex-toy ?

« Sex-toy ». Arrêtons-nous un instant sur ce terme anglais, donc légitime aux yeux de l'acheteur parisien. Fondamentalement, le sex-toy n'est jamais qu'un gode ou un vibromasseur qui porte un nom différent. Et si vous avez lu l'article consacré au potentiel branché du bermuda (voir p. 35), vous savez à présent que le renommage d'un objet existant peut souvent lui assurer un avenir florissant dans les boutiques pari-siennes. De plus, les ouvrages religieux que consulte la Parisienne (*À nous Paris*, *Elle*) l'ont convaincue il y a quelques années déjà que le sex-toy était cool, branché, fun et avec en plus des couleurs sympas… En un mot : parisien.

Si la Parisienne est célibataire et qu'elle n'a pas le temps de procéder à une recherche sélective de partenaire sur Meetic (voir « Célibat », p. 46), elle se contentera donc d'acheter des sex-toys. Cependant, notons que l'important pour une Parisienne n'est pas tant d'utiliser ses sex-toys que d'affirmer qu'elle en possède, afin de passer pour une femme autonome et libérée.

Note pour le lecteur masculin : faut-il se faire remplacer par un sex-toy ?

Il n'y avait jusqu'à présent que très peu de chose qui faisait réellement plaisir à une Parisienne. On peut citer les macarons Ladurée, les ventes privées de créateurs new-yorkais et coucher avec un artiste célèbre (voir « People », p. 167). Si vous n'êtes pas vous-même un artiste célèbre et que vous avez déjà offert les macarons et les places pour la vente privée, je vous conseille de vous orienter vers une boutique de sex-toys pour satisfaire votre Parisienne préférée. Le risque étant, bien entendu, qu'après consommation de ses nouveaux jouets elle vous signifie votre licenciement.

QUELLES SONT LES DIFFÉRENCES ENTRE UN SEX-SHOP DE PIGALLE ET UN ESPACE DE SEX-TOYING OU LOVE BOUTIQUE ?

Vous trouverez facilement les échoppes parisiennes qui font le commerce des sex-toys. Elles ont pignon sur rue et s'installent en général dans le Marais. Les descriptions qui suivent vous aideront à bien faire la différence entre les sex-shops pour VRP provinciaux et les néo-sex-shops branchés qui conviennent à la Parisienne.

Apparence extérieure
La boutique de sex-toys place les produits en vitrine et elle est décorée en violet et en rose pour plaire aux filles (alors que l'entrée du sex-shop « classique » est masquée par un épais rideau sombre et que des messages écrits au marqueur rouge annoncent un déstockage massif sur les films allemands).

Sémantique
Le mot « sexe » n'apparaît nulle part. À la place, on dit « coquin », « glamour », « sexy », « chic ».

Compatibilité

Les sex-toys sont compatibles avec un iPod, un iPhone, un iPad, un MacBook et en général tout produit numérique un peu branché.

Produits

Évidemment, on trouve dans les Love boutiques des produits « bio », « éthiques », « durables » et garantis sans souffrance animale (on ne teste en général pas les sex-toys sur eux).

Rappel : pour plus de détails sur la décoration des néo-boutiques parisiennes en général, se reporter aux articles « Bar à thème », p. 30, « Néo-snack », p. 155, et « Déco », p. 64.

Soirée

Faut-il arriver à l'heure à un événement festif privé (aussi appelé « soirée ») ?

Organiser un événement festif est l'occasion rêvée d'exprimer une des multiples facettes de l'immense potentiel créatif qui bouillonne en chaque Parisien. Quand il ne se consacre pas au scrapbooking, à la danse hip-hop ou à la décoration de son loft, de sa maison de campagne ou de son appartement haussmannien, le Parisien met son temps libre à profit pour organiser des événements festifs.

Attendez-vous donc à être invité un jour ou l'autre à une soirée costumée rétro, à un apéro-shopping, à une brocante d'appartement solidaire, à un concert à domicile ou encore à un drunch (voir p. 90). Si vous êtes vous-même à l'origine de l'événement, relisez l'article « Bar à thème », p. 30, et inspirez-vous des exemples proposés pour composer votre événement parisien.

Comment rendre votre présence mémorable lors d'une soirée ?

Pour marquer les esprits, vous ne devriez jamais aller aux soirées auxquelles on vous invite, afin que tous les convives comprennent une fois pour toutes à quel point la charge de votre agenda social et amical est lourde.

Attention : ne répétez pas trop souvent cette manœuvre, sans quoi vous risquez de ne plus être invité nulle part. Une variante intéressante consiste à jongler entre trois soirées. Ainsi, chacun comprend que vous avez négligé l'événement précédent pour vous rendre chez vos hôtes, mais que malheureusement vous avez encore mieux à faire ensuite, ce qui causera votre départ prématuré. Assurez-vous de disposer d'un timing suffisant pour enchaîner les événements successifs et repérez à l'avance le trajet RATP le plus court d'un lieu à l'autre.

COMMENT DÉCRYPTER
UN E-MAIL D'INVITATION ?

Les formules de politesse parisiennes sont particulièrement complexes et leur logique échappe souvent au sens commun. Apprenez à décrypter les sous-entendus qui se glissent derrière les phrases en apparence les plus anodines des invitations.

« Vous êtes attendu à partir de 22 heures ! » *(en général suivi d'un smiley)* – Va t'acheter un kebab avant de venir, je ne fais pas à dîner.
« N'oubliez pas d'apporter une petite bouteille » – Ma réserve de poire reste à la cave.
« Vos moitiés (et vos p'tits bouts de chou) sont les bienvenus » – Ce n'est pas une soirée pour pécho, mon appartement n'est pas un baisodrome.
« Nous organisons une grande soirée à thème "pantouflards", chacun viendra avec ses charentaises les plus ringardes » – Mon parquet est nickel, il n'est pas question de marcher en talons chez moi.
« Je vous invite à une soirée blanche » – Vêtez-vous de blanc et n'apportez que des alcools blancs : prétexte parisien couramment utilisé pour éviter les alcools laissant des marques sur le canapé Steiner de votre hôte.
« Dress code glam et sexy, les femmes seules sont les bienvenues » – Il s'agit d'une partouze.

À quelle heure faut-il organiser un événement festif à domicile ?

Note : ces horaires indicatifs ne sont bien entendu pas censés être respectés. Comptez au minimum trois quarts d'heure après l'horaire proposé pour l'arrivée des premiers invités.

★ 13 heures : brunch littéraire (mélange de petit-déjeuner tardif et de discussion autour des dernières lectures des participants)

★ 15 heures : vide-greniers solidaire ou brocante vintage à domicile

★ 17 heures : drunch (contraction de « dîner » et de « brunch », sorte de goûter copieux)

★ 18 heures : speed dating d'appartement

★ 19 heures : apéro-shopping (mélange d'after-work et de braderie, variante tardive et plus alcoolisée du vide-greniers solidaire)

★ 19 h 30 : apéro dînatoire

★ 20 h 30 : concert en appartement ou vernissage de photos de friches urbaines

★ 21 heures : before-party

★ 22 heures : soirée entre filles type « Sex and the City »

★ 23 heures : soirée déguisée « ringards », soirée pantoufles, soirée blanche, crémaillère de loft

★ 2 heures : partouze, soirée échangiste, fétichiste ou BDSM (pour plus de détails, voir « Libertinage », p. 136)

★ 5 heures : after-party.

Squat

Comment survivre
à un repas communautaire
dans un squat d'artistes parisiens ?

Au même titre que le Palais de Tokyo, la FIAC ou la flash mob en plein air, le squat d'artistes fait malheureusement partie des étapes culturelles obligées pour avoir l'air cool (ou simplement normal) à Paris. Partant du principe que tous les squats d'artistes se ressemblent, je me contenterai ici de vous mettre en garde contre les dangers les plus génériques d'une soirée communautaire dans un de ces lieux underground. Il vous appartiendra par la suite d'adapter votre comportement aux spécificités du lieu.

« Lien social » : attention, danger !

Tout d'abord, méfiez-vous du squatteur artiste comme de la peste. Contrairement à l'Africain sans papiers ou à l'étudiant parisien, l'artiste qui vit en squat le fait par choix, par goût du pittoresque alternatif, voire, dans les cas les plus pathologiques, par conviction politique.

Entre deux projets créatifs d'envergure, l'artiste de squat se donne pour mission de « créer du lien social » avec les habitants qui vivent à ses côtés. C'est même sa spécialité. Le « lien social » se manifeste dans les squats par l'organisation de quatre types d'événements.

★ les cours de capoeira ;

★ les ateliers d'arts du cirque ;

★ les réunions citoyennes de micro-quartier ;

★ les conférences-débats sur le conflit israélo-palestinien.

Remarque : certains squats peuvent aller jusqu'à cumuler ces quatre activités.

La fête de squat, une bonne entrée en matière

Le squat parisien étant régulièrement menacé d'expulsion, les soirées de soutien avant fermeture ont lieu environ une fois par semaine, parfois pendant plusieurs années. À la faveur d'un de ces grands raouts festifs, vous vous retrouvez donc dans un bâtiment à l'abandon que d'ingénieux artistes de rue ont récemment « autoréquisitionné ».

Le thème des fêtes de squat varie très peu : le plus souvent, il s'agira d'un repas communautaire végétarien animé par une fanfare des Balkans (que les musiciens soient eux-mêmes balkaniques est un « plus », parfois on se contentera d'écouter des Parisiens dont le look « fait » Balkans). L'atelier capoeira précité peut aussi donner lieu à une représentation publique de fin de session.

Le « projet politique » de squat

Si vous êtes particulièrement curieux et que vous souhaitez en savoir plus sur l'organisation et la vie du squat, vous parviendrez peut-être à attraper le chef de squat entre deux dégustations de mélasse bio. Attention, le squat étant « autogéré » par nature, il n'a officiellement pas de hiérarchie, c'est pourquoi c'est souvent le bordel. Toutefois, une figure locale du squat fait en général office de responsable des animations, un peu comme dans un village-vacances en Turquie. Ne demandez pas directement en quoi consiste la programmation, car il n'y a pas de programmation institutionnelle à proprement parler. Accrocher bêtement des toiles dans une salle d'expo resterait un peu trop bateau… La raison d'être du squat d'artistes serait plutôt d'« expérimenter une nouvelle forme de vivre ensemble », ou bien de « réaménager les interstices de la ville en lieux imaginaires de création et d'ouverture ». Ou quelque chose d'approchant.

COMMENT DISTINGUER UN SQUAT D'ARTISTES AUTOGÉRÉ D'UN ÉTABLISSEMENT CULTUREL SUBVENTIONNÉ ?

Apprenez à ne pas confondre un vrai squat d'artistes et un simple établissement culturel public (Centquatre, Palais de Tokyo). Le problème est que ces établissements subventionnés disposent en général d'un budget d'aménagement important pour ressembler à un vrai squat : tuyauterie et fils électriques apparents, béton armé, signalétique de chantier, jardin façon friche industrielle, tags et graffs aux murs, etc.

Pas toujours facile de distinguer le vrai squat bordélique du lieu public d'art contemporain. D'autant que, pour ne rien arranger, certains vrais squats ont fait l'objet d'un rachat par la mairie sans que leur apparence ou leur programmation en soient modifiées pour autant (citons par exemple Les Frigos ou le 59Rivoli).

T-shirt

Faut-il avoir bac +8
pour acheter un T-shirt à Paris ?

Nous savons déjà depuis les pages que nous avons consacrées aux cycles de mode, aux galeries et aux expositions que la consommation est à Paris une culture, et inversement. La vie parisienne a atteint un tel niveau de complexité qu'il devient fréquent de trouver dans les boutiques des « modes d'emploi » de marques de vêtement. Car, même lors d'un achat de routine uniquement motivé par le besoin de se vêtir, les questions qui se posent au consommateur parisien sont aussi diverses qu'épineuses :

★ D'où vient ce vêtement (Inde, Chine, États-Unis) ?

★ De quoi est-il composé (fibre d'ortie, toile de bambou, coton biologique, sucre de maïs fermenté) ?

★ Qu'a voulu réellement exprimer le créateur du vêtement (réenchanter la vie urbaine en bousculant les codes du street wear, repenser le dandysme contemporain, affirmer un esprit rebelle rock vintage dans les open-spaces, faire du style vestimentaire une déclaration d'indépendance, etc.) ?

★ Est-il issu du commerce équitable et, si oui, quelles filières de production a-t-il suivies ?

Concentrons-nous sur un exemple d'achat basique : le T-shirt. Nous allons voir à quel point la complexité quasi métaphysique de la vie du Parisien se niche dans les activités en apparence les plus banales.

Le Parisien cherchant en toute chose à exprimer la profonde singularité de sa subjectivité, l'achat d'un T-shirt blanc peut vite se transformer en une quête existentielle pour s'approcher au plus près de ses valeurs. Car la marque de « basiques » pour Parisien ne fabrique pas seulement des T-shirts, elle a aussi une philosophie.

Chez UT de Uniqlo, marque japonaise experte en simplicité, « un T-shirt est plus qu'un T-shirt. C'est une expression de vous-même… Vous trouverez forcément le T-shirt qui exprime parfaitement votre état d'esprit. C'est la philosophie UT ». C'est le genre d'exemple de marketing philosophique qui rend le consommateur de la capitale ivre de bonheur : grâce à ces précisions fondamentales, il peut s'adonner à son shopping hebdomadaire dans le respect scrupuleux de son éthique personnelle.

Faut-il être bilingue pour acheter un vêtement dans un concept store ?

Oui. Être doté d'une culture vestimentaire éclectique et maîtriser parfaitement l'anglais spécialisé du textile sont essentiels pour bien s'orienter dans l'univers des vêtements parisiens. Pour preuve, citons quelques appellations de vêtements « tout simples » vendus dans un temple de la nouvelle religion du basique pour Parisien : American Apparel.

★ « Unisex Flex Terry Wristband »

★ « Printed Cotton Spandex Jersey High-Waist Skirt »

★ « Oversized Satin Charmeuse Square Top »

★ « Pinpoint Oxford Long Sleeve Button-Up Shirt »

★ « Poly-Viscose School Boy Pant »

Une telle obscurité incite rapidement tout Parisien un tant soit peu motivé à s'inscrire dans un institut de langue pour parfaire sa maîtrise de l'anglais et être digne de son shopping sacré du samedi après-midi. À moins que devant tant de complications il n'opte pour les conseils d'un *personal shopper*, une espèce très répandue de coach pour Parisien (voir « Coach », p. 55, pour plus de détails).

Faut-il sortir d'une filière scientifique pour faire du shopping ?

De solides acquis en biologie végétale sont également requis pour s'orienter dans l'univers du T-shirt parisien. Voici quelques phrases chocs à sortir en toute situation dès qu'il est question de garde-robe avec d'autres Parisiens.

★ « La toile de bambou est un antibactérien naturel. Elle participe à la réduction de la déforestation car le bambou repousse très rapidement. Les vêtements en fibre de bambou sont hypo-allergéniques. »

★ « L'acide polylactique (PLA) est entièrement biodégradable. Il est issu de la fermentation et de la distillation du sucre de maïs. »

DÉCRYPTEZ
VOTRE MAGAZINE FÉMININ
HAUT DE GAMME

« Dernièrement, quelques sapeurs et rappeurs post-bling et "néo-savilerowien" intègrent le gilet à leur garde-robe. »
Vous commenterez cet extrait d'un grand magazine de mode en développant particulièrement votre propre analyse du phénomène néo-savilerowien cité par l'auteur.

EXERCICE DE TRADUCTION
NÉO-TEXTILE > FRANÇAIS

Proposez une traduction française la plus précise possible des modèles suivants de la marque American Apparel :

★ Stretch Velvet Scoop Back Tank Pencil Dress
★ Printed Cotton Spandex Jersey High-Waist Skirt

Vélo

Comment endormir toute une assemblée en parlant du « code de la rue » en ville ?

Faire du vélo à Paris est très simple. Il suffit de respecter la seule règle en vigueur : rester en vie. Pour aider les cyclistes à atteindre cet objectif, les autorités ont ingénieusement mis en place un ensemble de repères signalétiques auxquels personne ne prête attention. *Paris, mode d'emploi* vous propose de réviser votre code de la rue. Retenez par cœur les noms des panneaux ci-dessous pour être certain d'endormir n'importe quel interlocuteur parisien lors d'un dîner que vous souhaitez abréger.

Faut-il rouler sur les pistes cyclables ?

Oui. La présence d'un panneau de type B22a signifie l'obligation d'emprunter la piste cyclable. Les voies de bus sont ouvertes aux vélos, pourvu que les panneaux B27a qui les annoncent soient accompagnés d'un panonceau M4d1. De manière plus générale, notons que la présence d'un panonceau M9v2 indique que la prescription du panneau principal ne s'applique pas à l'utilisateur d'un véhicule à deux roues non motorisé, aussi appelé vélo. Par exemple, un panneau B2b (interdiction de tourner à droite) accompagné d'un panonceau M9v2 indique que les cyclistes ne sont pas concernés par l'interdiction.

Remarque importante : les panneaux B9b indiquent que l'accès est interdit aux cyclistes. Précision utile à l'approche d'une voie d'accès au périphérique extérieur, par exemple.

Peut-on circuler à contresens dans une rue à sens unique ?

Oui et non. Il est possible de rouler à contresens dans les espaces de Zone 30 (limitation de la vitesse des automobiles à 30 km/h) annoncés par un panneau de type B30. On parle alors de DSC (double-sens cyclable).

Remarque importante : en cas de croisement imminent entre un cycliste et une benne de ramassage d'ordures ou un camion semi-remorque sur un DSC, considérez *a priori* que le camion a la priorité... même si votre vélo est équipé d'un garde-boue avant.

Pourquoi le Parisien est beau même à vélo ?

N'ayez pas la naïveté de croire que le Parisien abandonne soudainement ses obsessions esthétiques sous prétexte qu'il doit pédaler dans un couloir de bus en heure de pointe. Plutôt que d'investir dans du matériel de sécurité, il préférera customiser son vélo, ce qui aura pour conséquence de quadrupler son prix d'achat mais aussi de maintenir le niveau de perfection visuelle auquel il s'astreint en toute situation.

PANOPLIE DU CYCLISTE ANTI-SÉCURITÉ

★ Pas de casque, pour ne pas altérer votre coiffure

★ Jupe longue ou pantalon assortis aux poignées cuir de votre vélo vintage

★ Panier ou corbeille à l'avant pour placer votre panier bio recueilli à la dernière réunion AMAP (voir p. 158)

★ Modèle 70's de vélo Peugeot orange foncé ou vert pomme à trois vitesses

★ Pignon fixe décoré par un street-graffeur du Marais si vous êtes un hipster.

À PARIS, À VÉLO, ON RESPECTE LES PANNEAUX

En vous aidant des pages précédentes, reliez correctement le bon panneau avec son type et augmentez votre durée de vie sans lâcher le guidon.

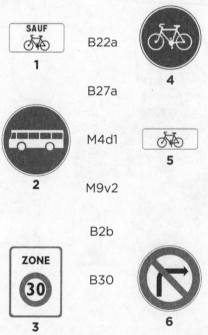

B22a

B27a

M4d1

M9v2

B2b

B30

Réponses : 1-M9v2, 2-B27a, 3-B30, 4-B22a, 5-M4d1, 6-B2b

Contrôle
des connaissances

« Paris, mode d'emploi »

Exercices établis par l'équipe de l'Advanced Center for Parisian Studies du professeur John P. Kirkpatrick (Ph. D., Harvard).

1. La Parisienne

En dehors de son cœur de métier, l'actrice parisienne a plusieurs occupations quotidiennes. Laquelle de ces propositions n'en fait pas partie ?

★ Déjeuner dans sa cantine avec des copines actrices parisiennes
★ Enregistrer un album
★ Aller en banlieue
★ Faire du shopping dans le Xe arrondissement

Réponse : aller en banlieue

Commentaire de texte :

« J'aime beaucoup leur programmation d'expositions de photos. Leurs vernissages sont toujours très sympas. Il y a un DJ qui mixe de la musique, et un bon mélange de gens. Souvent, ça déborde sur le trottoir. »

Source : actrice parisienne de renommée internationale (XIe-XVIIIe arrondissements) interviewée dans un magazine parisien à propos de « son Paris » et de « ses bonnes adresses » d'actrice.

a) Pourquoi l'actrice parisienne aime-t-elle cet endroit ?

b) Trouvez au moins quatre références culturelles dans l'extrait.

c) Pourquoi le mélange de gens est-il important ? L'actrice précise que ça « déborde sur le trottoir » : pourquoi apporte-t-elle cette précision ?

Réponses :

a) L'actrice aime le caractère improvisé du lieu, le mélange des possibles, les rencontres. Bref, tout ce qui est mondain.

b) Programmation d'exposition, vernissage, DJ, musique.

c) La précision laisse entendre que les Parisiens fréquentant cet endroit le font sans chichi, se massant à la va-comme-je-te-pousse dans la galerie, jusqu'à déborder sur le trottoir et, on l'imagine aisément, à s'asseoir dessus. Par cette expression, l'actrice laisse entendre qu'elle est restée simple et qu'elle privilégie les lieux conviviaux loin des lourdeurs et des convenances de la bourgeoisie conservatrice du XVIᵉ arrondissement. Bref, qu'elle est de gauche.

Pourquoi la Parisienne fait-elle la moue ?

a) Parce qu'elle a mal aux dents

b) Parce qu'il pleut

c) Pour le plaisir

d) Parce qu'elle regarde trop de films parisiens d'actrices parisiennes qui font la moue

Réponse : c et d

2. Sorties parisiennes

Lequel de ces concepts suivants est une pure invention de *Paris, mode d'emploi* ?

★ Le bar simple qui ne sert qu'une bière (mais de manière conceptuelle et non comme un simple PMU auquel il ne resterait que le fût de Jupiler…)
★ Le bar à cocktails servis dans des biberons
★ Le charity concept store
★ Le restaurant éphémère

Réponse : le bar simple

Lequel de ces établissements parisiens n'est pas un concept-store ?

★ Colette
★ Merci
★ Surcouf
★ Artazart

Réponse : Surcouf

Classez ces bars par ordre d'arrogance des serveurs.

★ Le Point Éphémère
★ Chez Prune
★ Le Rosa Bonheur
★ Le Curio Parlor

Réponse : laissée à la discrétion du répondant

À l'aide de ce mode d'emploi et de vos propres recherches de terrain, donnez une définition la plus complète possible des rituels parisiens suivants :
a) After-work
b) Before-party
c) Post-soirée
d) Slow-dating

Réponses :

a) Apéritif dînatoire à finalité reproductive, pratiqué par les cadres supérieurs et chefs de projet de l'Ouest parisien (se reporter à l'article « After-work », p. 20.).

b) Pré-soirée en général agrémentée de musique lounge dans une atmosphère cosy. Précède une soirée.

c) Autre nom d'after-party (voir définition précédente).

d) Mode de rencontre antérieur au speed dating et renommé « slow » dating en opposition à cette précédente tendance. Désigne le retour à la normale avec de nouveaux mots, pour des raisons évidentes de branchisation du phénomène (relire « Bermuda », p. 35, « Hype », p. 118, et « Célibat », p. 46.).

À l'aide des briques d'événements parisiens proposées ci-dessous, composez votre propre soirée conceptuelle parisienne. Écrivez un court texte pour présenter la soirée et donnez-lui un titre. Dessinez ensuite le flyer.

Causerie littéraire
Brunch solidaire
Friperie vintage
Baby-foot rétro
Slow manging
Colloque postmoderne
Apéro-mix
Compost party
After-show
Flash mob

Live DJ set
Live causerie
Monopoly équitable
Accrochage de photos
de friches de Saint-Ouen
Apéro troc
iPod contest
Recyclage créatif
Vente éphémère
Atelier speed food

3. Quartiers parisiens

**En vous appuyant sur l'article « Bobolandisation »
de votre mode d'emploi, devinez quelles sont les
boutiques caractéristiques d'un quartier menacé
de gentrification ?**

★ Asymptote, boutique de DVD de cinéma du réel
   et de cinéma d'art et d'essai sud-coréen
★ Art-Life, capsule store de comics new-yorkais et
   de mooks engagés
★ Au Roi du Kebab, sandwicherie de spécialités
   turques
★ Chez Apolline, boutique créateur de pulls en coton
   du Laos
★ Lo Ching, café Wi-Fi de thés tchaï et bagels équitables

Réponse : tous sauf le Roi du Kebab

4. Langage parisien

**Parmi ces occupations, lesquelles constituent des
métiers d'avenir pour free-lance parisien ?**
a) Mode éthique
b) Gestion de marque 2.0
c) Feng shui d'open-space
d) Plomberie

Réponse : a, b et c

En vous référant aux articles « Bermuda » et « Parisianismes » de votre mode d'emploi, inventez un terme en « -ing » pour relancer chacune de ces pratiques ringardes.

a) Faire la vaisselle à la main
b) Faire des abdos
c) Organiser un barbecue
d) Acheter des lampes dans une brocante
e) Manger sur le pouce

Réponses : a) Hand-dish-washing ; b) Urban training ; c) Barbe-cuing ; d) Light-brocanting ; e) Snack-fooding.

Étant entendu que l'ancien est le vieux qui coûte trop cher pour vous, que le ringard est le daté qui ne coûte rien ou presque et que le vintage désigne le nouveau qui a une gueule de vieux mais coûte beaucoup plus... À l'aide de *Paris, mode d'emploi* et de vos propres recherches de terrain, donnez une définition la plus complète possible des termes parisiens suivants :

★ Vintage
★ Kitsch
★ Old school
★ Postmoderne
★ Pré-rétro

Réponse : se reporter au dernier numéro des *Inrockuptibles*

5. Goût parisien

En relisant votre mode emploi et en restant attentif aux discussions de votre entourage parisien, rayez de la liste suivante les références non parisiennes. Justifiez votre choix.

David Lynch

Franck Dubosc

Tim Burton

France Inter

Les bagels

Les Brigitte

Léa Seydoux

La viande bovine

La bicyclette

Claude François

Britney Spears

Paul Auster

Les Inrockutibles

Louise Bourgoin

Les 4×4

Louis Garrel

RTL

Le mojito

Les macarons

Réponse : les références non parisiennes sont : Franck Dubosc, la viande bovine sauf s'il s'agit d'une race *Wagyu* (voir « Bermuda », p. 35), Claude François et Britney Spears sauf écoutés au second degré (voir « iPod », p. 132), les 4×4 et RTL.

RÉALISATION : NORD COMPO À VILLENEUVE-D'ASCQ
IMPRESSION : CPI BRODARD ET TAUPIN À LA FLÈCHE
DÉPÔT LÉGAL : OCTOBRE 2012. N° 109174 (70377)
IMPRIMÉ EN FRANCE